【經典書房】

童年的我 少年的我

何紫 —————— 著

山邊出版社有限公司

認識何紫

何紫（一九三八——一九九一），原名何松柏，廣東順德人，香港著名兒童文學家。「山邊社」創辦人，「香港兒童文藝協會」創會會長。幼年時隨母自澳門來港，在香港完成小學及中學課程。畢業後曾任教師、《兒童報》編輯、《華僑日報》副刊編輯、《幸福畫報》特約撰稿人，何紫一直在香港多份報刊上撰寫專欄，同時致力於兒童文學的創作與研究。一九七一年辦兒童圖書公司，一九八一年創辦山邊社，一九八六年創辦《陽光之家》月刊，出版主要面向校園，為幼兒到大專學生出版普及性的課外讀物，廣受歡迎及好評。

何紫著作甚豐，作品結集有《40兒童小說集》、《26短篇童話集》、《我的兒歌》、《童年的我》、《如沐春風》等

《40兒童小說集》

《少年的我》

《童年的我》

三十餘種。其中小說《別了，語文課》被評選為全國紅領巾推薦讀物；《童年的我》在一九九一年的「中學生好書龍虎榜」選舉中獲選為十本好書之一；《少年的我》於一九九三年獲得第二屆香港中文文學雙年獎（兒童文學組）；《何紫散文精選集》於二〇一八年獲得第十五屆「十本好讀」（小學組）。

一九九〇年杪，何紫得知身患癌病，治療期間仍勤於寫作，以有限的時間，追尋未完的志願，為廣大的讀者獻出他最後的心血結晶，後期病情轉趨沉重，終於一九九一年十一月辭世。這段期間的作品有《我這樣面對癌病》、《給中學生的信》，童話故事有《豬八戒找工作》、《親親地球》、《國王的怪病》、《王子的難題》等等。

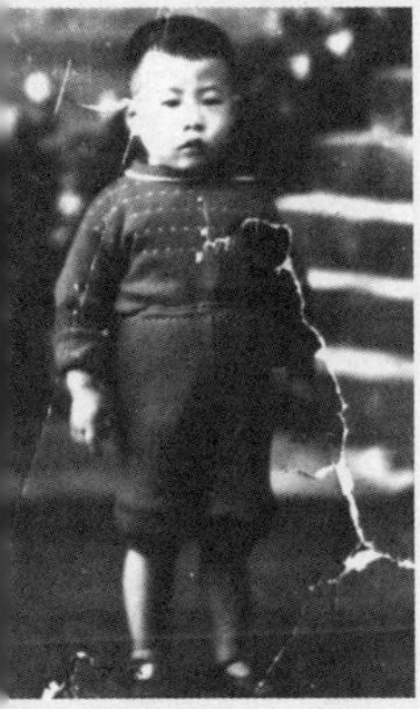

《給中學生的信》

《王子的難題》

《我的兒歌》

序一：使人難忘的童年和少年

人的壽命是有限的，但是作品的生命力卻是沒有極限的。

今天重讀何紫的作品《童年的我．少年的我》，感慨良深，彷彿又看見那樂天的、襟懷開朗的何紫在對着一羣小讀者琅琅說笑，娓娓談心。是懷舊麼？何紫說：「如果給『懷舊』一個價值，這價值就是溫故舊而策未來。」又說：「歷史從來不能割斷，陳跡未必就是老套。」

這就是他寫的童年故事。小小的事情，卻跳躍着歷史的脈搏；陳年事跡，對小讀者卻是新聞和珍聞。這些故事，不是一般歲月的流水賬，而是一個孩子的親身體驗，從孩子的心靈通到孩子的心靈裏，最感人心弦的故事。

這些故事發生在大時代、大轉變的日子裏。世界大戰、香港淪陷，

何紫這個孩子，父親被日軍強迫作毒針的活體試驗而死亡，母親出賣勞力把全家的生活重擔挑起來。半個孤兒的他，還看到許多殘暴的事和不平的事，可是他並不覺得懊喪，因為同時他也看到許多頑強地抵抗敵人和惡劣命運的人，使他感受到親子間、師生間、同伴間刻骨銘心的愛。

他常常苦中作樂。他告訴你，一枝竹製的牧童笛怎樣抒發他的悲和喜，廉價的糕點有多麼的美味，「曬棚」上的星空是多麼浩瀚。

他說：「我還是相信一點折磨並非無益。現今的少年似乎太強調自身的困乏，少年人的放任常常可以找到有害於他們的『社會廉價同情』。我自感困乏也可以成為勇進的力量。」

請細看書中的故事，看看何紫的勇進力量是從哪裏來的吧！

再聽聽何紫的話吧：「謹以這些舊日的小故事，獻給在和平日子，又是物質豐盛年代中長大的朋友。」

何紫為了孩子寫作鞠躬盡瘁，轉眼又是他的十五年祭了。他對孩子的貢獻長留在人間。《童年的我．少年的我》不斷的再版又再版，今天又來一個紀念性的再版。讓我們衷心地對何紫說：「謝謝你，小朋友們需要你的故事，你的故事要一代一代傳下去！」

——（《童年的我．少年的我》原序）

著名兒童文學作家 **黃慶雲**

二〇〇六年十一月

序二

何紫，我的同齡人。

在他筆下的時代，正是我們走過的時代，看他的《少年的我》，就像看一盒錄影帶，三十多年前的香港一角面貌，歷歷在目。

史籍，有時難免枯燥，不是人人有興趣閱讀。可是，通過人的生活細節，用輕鬆的文筆紀錄下來的小傳，有意無意間反映出來的歷史面貌，就很容易吸收消化。香港，還沒有一本好讀的香港史，年輕人又怕讀歷史，讀一讀何紫的《童年的我》、《少年的我》，大概也可彌補這一缺失。

戰後的新生一代，畢竟比我們幸福得多。他們沒辦法想像五角錢怎可以過一天，包括早午餐，還能儲起一角錢。一雙本地白波鞋——馮強球鞋，伴我們奔跑過童年少年的日子。別無選擇，馮強鞋是我們時代的

名牌，哥哥穿過，輪到弟弟穿，一直穿到鞋頭帆布破了個洞……還有何紫少年的浪遊，也不過兵頭花園、電車上打野戰。英皇書院、羅富國師範學院的讀書滋味、赤柱和灣仔的風光、紅棉麪包、安樂園雪條……一切描繪了物質不豐足，但非常愜意的少年生活——也是香港五十年代的社會情態。

何紫還紀錄了五十年代的溫厚人際感情：少年遊伴、老成而寂寞的園丁，彼此並無利害關係，憂喜與共的交往。淡淡的卻一生難忘。

時光易逝，轉瞬六十、七十、八十年代過去，何紫也由打野戰、學園藝的少年，變成刻苦勤工儉學的青年、努力不懈的兒童文學工作者、踏實熱誠的出版人。他見證了三十年來香港的社會改變，如果可能，我們可從《青年的我》、《壯年的我》……讀到香港歷史的側面。可惜，他寫成了《少年的我》後，就因癌症離開我們了。

何紫生於斯長於斯，艱難走過成長路，在《少年的我》中，沒流露

半點對艱難生活怨懟之情。成長後，又處處不忘反哺這個植根地，這正是何紫的溫厚可愛的特點。

讀《少年的我》，惹起同齡人的絲絲感觸。年輕讀者大可不必這樣讀，因為何紫的輕鬆筆調、佻皮少年行徑，也夠吸引了。

——（《少年的我》原序）

著名作家、教育家 **小思**

一九九二年二月

序二

這些帶自傳性的故事，在報紙上發表時，竟先後接到幾個電話。有的是舊日的小同學，有的是與我同年代成長的文友。其中，最使我喜出望外的，是小學時母校的師長來電話，她透露一個訊息——我唸小一的班主任莫錫瑚老師仍健在，已移居美國多年……

舊事在心際漫起，別是一番滋味在心頭。其實何止一個人，社會上就時有「懷舊潮」漫起吧。如果給「懷舊」一個價值，這價值就是溫故舊而策未來。歷史從來不能割斷，陳跡未必就是老套。當校對完工，剛巧讀到報紙上的新聞——日本侵華四十周年，北京大學學生發起示威遊行，引起驚動……

謹以這些舊日的小故事，獻給在和平日子，又是物質豐盛年代中長大的朋友。

——（《童年的我》原序）

何紫

一九八五年「九·一八」紀念日後五天

目錄

少年的我

童年的我

互訴童年的歲月，有時是讓人與人之間相互靠近起來的好方法。

戰爭，我正童年

説起來，我是從澳門偷渡來香港的。這麼一說，立即引起聽的人極大的詫異。這是千真萬確的，我的家庭影集裏，還保持着一幀我爸爸抱着個小娃娃在澳門南灣花園留影的舊照片，那個小娃娃就是我。三歲那年。日本軍佔領澳門，本來葡萄牙和日本並非交戰國，澳門無淪陷之名，卻有淪陷之實。一九四一年，親人逃出封鎖線，裹着襁褓把我帶到香港來。可是家人才慶幸逃過了「日本仔」，那年聖誕節，日本軍的鐵蹄也踏到香港來，太平洋戰爭的烽煙漫起……

互訴童年的歲月，有時是讓人與人間相互靠近起來的好方法。最近一次敍會，我竟然在不少陌生人中間談起兒時的舊事。同年代的人，送來了和音，比我晚些出生的人，

何紫與父母及姑姐在澳門南灣花園的合照

瞪着眼，像聽我説一個異國的故事。

譬如説起灣仔大轟炸，盟軍的目標是金鐘附近的海軍船塢，聽説是成羣的飛機，「屙」的「蛋」是一排排的掉下來。我家就在杜老誌道口與駱克道口交界一幢四層樓房的頂樓。警報聲分外撼人，因為那發警報的機器離家不遠，位於那高士打道海旁的灣仔警署樓頂上。淪陷的三年零八個月裏，我從沒跑過防空洞，聽説要跑到堅尼地道附近的山

當年的灣仔高士打道，轉入一條街，就是駱克道。背後的一座山，原是採石的礦場，如今已夷為平地，成為愛羣道一帶了。（莫師母提供照片）

知識講堂

防空洞：空襲時可供人躲避的洞穴或地下防空設備。

荷蘭水蓋：以前荷蘭人帶來的一種瓶裝飲料曾在中國的澳門、香港、上海等地流行，被當時的人稱為「荷蘭水」(現稱為汽水)，「荷蘭水蓋」就是汽水瓶蓋。

邊，而且聽説人擠得很，空氣混濁得叫人窒息；還有一個原因，是沒有人帶我跑防空洞。我家是一間「打通」的大屋，但常常只有我一個人。媽媽已屢屢教我，若警報響，就披一張被子，跑到樓下去，樓下是車房，躲進車底據説安全度不讓防空洞。才四、五歲的我，似乎已經完全獨立了，每次警報響，就疾走到樓下，伏在汽車底。口袋裏常有幾枚荷蘭水蓋，或萬金油盒蓋什麼的，我全不管隆隆的炸彈聲，或者玻璃震裂的乒乓嗚響，從口袋抓幾個蓋子來把玩……不知為什麼，這些舊事，在我腦子裏清楚得像剛才錄影回來。

可怕的回憶

戰爭——這殘酷的怪物，在我兒時的印象裏，曾留下兩次極其可怕的記憶。

一次是爆水管。轟炸之後，自來水管沒有水了，這情形也不只一次，才五歲的我，已懂得拿個洗面盆（我似乎到八九歲後才知道還有水桶這種器皿），到樓下什麼地方盛點食水回家。但是這一次到樓下幾家問過，也一樣沒有水。有人說：「爆大水管啦！在菲林明道口那邊，水都從地底湧上來！」我聽了，就端着面盆走去，到路口，果然看見水從爆裂的地面像噴泉般湧出來，但是，就是在這爆裂的地面上，橫七豎八地躺着死屍和一些還掙扎、呻吟着的傷者，有些人手或腳都斷了，噴出來的水變成一片淡紅。但是，一些急着要食水的人，就在屍體間涉水到「噴泉」口去盛載，水把人都濺得濕淋淋……我看得呆若木雞。往後的日子裏，若聽見說爆水管了，水喉沒水了，那可怖的情景又會爬上腦際。

另一次印象依稀。自從我把那可怕街景告知母親後，母親就沒有讓我獨自跑到街外。我家在灣仔區駱克道，一幢四層高的洋樓，我家就在四樓，有闊大向街的「騎樓」（陽台），憑欄可以看見對屋的人，也可以臨街看來往的人。但淪陷不久，母親就用草蓆把騎樓向街處封起來了，屋子常常在昏暗裏，我是常常獨自在家裏的，只有幾隻小雞做我的玩伴，我用木屐做船，用柴枝架橋，把小雞放在「橋」上，引牠慢慢過橋到「渡口」乘「船」去。但記得偶有女人的尖叫聲從對屋附近傳來，淒厲可怖把我一切玩的興致也打消，獨自擁着被子呆坐。有一回我從草蓆縫看出去，見對屋有一個日本人強推一個婦女到騎樓邊，像要把她推下街去。我嚇得不敢再看了。直至戰後很久，我才從書本中知道，原來當年日本侵略軍把灣仔闢為「慰安區」——也就是為滿足他們的獸性和侮辱中國婦女的地方。

知識講堂 米證：是當時政府發給每個家庭的定額配給許可證，憑證才得以用軍票購買指定數量的白米。

困乏與折磨

我還保留着一張日治時代的小照，是從當年的「米證」上剝下來的，照片裏的我，剃光了頭，圓大深陷的眼，年紀小小，大概五歲吧，居然掛了一副「無奈式」的笑容。記得淪陷的三年八個月裏，最初還可以憑「米證」每人每天配給幾兩碎米，後來，只有替日本人做工的人才可以配得糧食，一般人是要用高價錢購買「黑市米」。要麼是吃一種廉價的糧食，那是一種營養價值低的農作物——木薯，用木薯磨成粉，做成稀粥吃，長期吃了，人會營養不良而鼓脹起肚皮，全身卻乾瘦，聽說死在街頭的人不少。

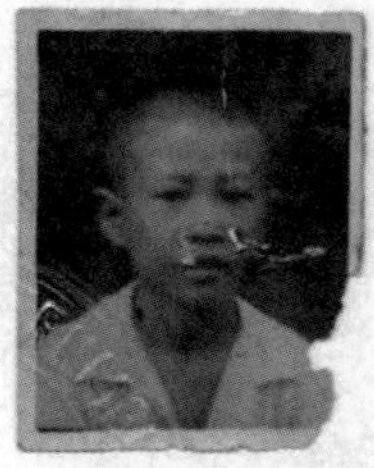

香港淪陷時期，何紫貼在米證上的照片。

香港淪陷的頭一年，據母親後來的回憶，那是最苦的一年了。爸爸一次在街頭經過「防疫站」，被日本兵強迫着注射針藥，說的是防疫，但後來已證實是一些實驗性的針藥罷。父親打針後第二天漸覺得不適，在那時候，哪裏求醫？就急忙由親人扶持着回故鄉順德去，聽説故鄉還可以找到一、兩個老中醫。但是掙扎着回到故鄉的老屋，躺在牀上，就溘然長逝了。我在香港馬上成了半個孤兒，幸而母親堅強，她變賣了僅有的一點金飾，就推着一輛小木頭車，冒着轟炸的危險，到海軍船塢外，向下班的工人買一些他們配得的米，然後推着車到鵝頸橋去轉賣。

這種在危險線上經營的小買賣，使年少的我還可以在極度貧乏之中吃到白米粥，沒有餓死，但是，也換來童年期間的恐怖式的孤獨——母親忙着做小買賣，只遺下我一個小人兒在危機四伏的家裏，有時有狼嗥鬼號般的聲音傳來；轟炸隆然而響，也常常是獨個兒去跑警報、鑽車底。

不過，我還是相信一點折磨並非無益。現今的少年似乎太強調自身的困乏，少年人的放任常常可以找到有害於他們的「社會廉價同情」。我自感困乏也可以成為勇進的力量。以後當寧靜的日子到臨，我吟味每一寸光陰，緊緊擁抱生活。

小安琪在頭上

日本侵略軍佔領香港足有三年八個月，最後一年似乎相對的寧靜，我六歲多了，依稀記得不知打哪兒學來一些日本字母，sa si su se so 的唸個不停，日本粗話「白架鴉老」自然最先學會，「支那之夜」的靡音也哼得有點滋味。所謂文化侵略，最容易體現在孩子身上。當竟月也沒有遇上轟炸，我就耐不住斗室的寂寞，溜到街上去。記得那時候最遠來到高士打道海旁，在杜老誌道的盡頭，海邊一個有蓋碼頭，見有人在碼頭邊釣泥鯭，好運氣的，可以找來幾天的菜餚。

不會忘記那一次，呆看別人釣魚，突然耳際響起嗚嗚長鳴，那是從不遠的灣仔警署響起來的。大人奔跑着就喃喃自語：「轟炸東京！轟炸東京！」來空襲的是盟軍的飛機，人們的感情上是幸災樂禍的，警報響，一面找地方躲一躲，一面就巴不得把鬼子炸個痛快。我跑不遠抵家門，就慣例到樓下的車房去鑽車底下。呀！那簡直大地震，整塊地在抖動，隆隆響聲很近，什麼東西碎裂爆破聲不斷傳來，但我已經不知害怕了，心裏只想着母親，不知道她此刻在何方。

約過了半小時多，解除警報聲響起，屋內立刻傳來喧譁聲，張惶的叫喚聲。細聽一下，原來有一張最尖厲的聲音是叫喚我，我從車底爬出來，看見媽媽用黑布裹頭，在脖子旁打了個大結，她看見我，就拚命抓緊，把我摟在懷裏，喘着氣，不停說：「阿彌陀佛，阿彌陀佛，嚇死人，張嬸說你向碼頭走，那邊落下一大堆炸彈呀……」說着就扯下裹頭的黑布，替我抹染在臉上的汽車機油……

以後母親年年說，我結婚前她還在說，去世前也提過，並且總要唸幾遍阿彌陀佛。據說那一次碼頭附近一連掉下七個炸彈，卻一個也沒有爆炸，不然，灣仔的樓房都塌了。我一直疑真疑假，不過，我看過那碼頭，上蓋壓扁了，粗柱都彎弓露出鋼筋。後來，我看見豐子愷一幅漫畫，畫一個小安琪展着翅膀，在空中接起一個快掉到孤兒寡婦頭上的炸彈。我想那一次的確曾有小安琪飛過吧……

我家的「古董」

戰爭是怎樣子結束，香港是怎樣子重光，我記憶所及似乎很模糊。僅僅記得母親歎着氣說日子實在熬不下去，不如返省城找我的祖母，可以有多一個人的主張。她一直籌劃着，陸續變賣所有的家當，僅餘一點貨物都廉價賣了，就在一個炎夏的凌晨，趁着曉風的涼意，到九廣火車站去輪候車票。當時整個華南也落在日人手裏，火車交通倒好像沒有斷過。我是第一次到火車站去的，就是尖沙咀的舊火車站。人山人海，行李與旅客沓雜，地面的紙屑、果皮、煙蒂、痰沫布滿，四下的人都彷彿是菜黃的臉蒙着愁容。而母親唯恐把我掉

尖沙咀鐘樓——舊尖沙咀火車站所在

知識講堂

軍票：是日本政府逼令佔領地居民以金錢或物資兌換的貨幣。日本戰敗後，日本政府不承認軍票的法定地位，導致軍票價值與廢紙無異。

失，在我腰間繫上繩索，一頭繫在挑行李篋的扁擔上。

當車票輪到了手，突然在旅客間傳遞着一個震人的消息：日皇廣播，日本仔終於無條件投降了！人羣間引起怎樣的哄動我不大了了，倒是母親抓起錢袋，一陣愴惶失據似喜猶悲的表情深深印在我心版上，她喃喃自語：「呀，走……走吧，那些軍票怎麼辦……」說着就挑起扁擔，我被牽着繩索跟着離開車站了……

我們沒有回省城。現在推算起來，那天該是一九四五年八月十五日的凌晨，因為從歷史課本得知，十四日黃昏日皇發出全面投降的廣播。但日本人的驟然撤退，又似另一場的劫掠，因為日本軍佔領了一個地方，就強迫行使他們發行的「軍用鈔票」，居民要把本來的錢換成「軍票」，他們收購物品、付工資等等都用這種「軍票」。日本戰敗，這些鈔票就眼看要變成廢紙了。

現在我明白母親聽到光明重臨反而愴惶失據的原因，因為她冒生命危險掙來的一點錢，以及匆忙間變賣家當換取的一點盤川，都一下子付諸流水！年前陪外地友人逛摩囉街，見有「軍票」作為古董似的在地攤上販賣，我就苦笑說：「這古董我家有的是。」這是真的，母親去世後清理她的遺物，就見一疊軍票，用已發黃的報紙包裹着……

知識講堂 行篋：出門旅行用的箱子、行李袋。

剪裁一個新世界

形容窮困有一句老話：「家徒四壁」。在香港重光的前夕，我跟母親回到灣仔的家，而這個家，可真真正正是「家徒四壁」了——牀鋪、被褥、枱、凳、碗、碟、炊具這些最起碼的東西都在離去前一天通通賣掉。母親是決意回省城去的，這兒已實在無可眷戀了啊。那曉得臨到車站，忽然沉沉黑夜的天際現出晨曦，改變了母親執意回去的念頭……

猶記得母親回家後，第一件事就是從行篋裏找出來一把裁布用的大剪刀，用勁地猛刺向那曾把屋子的整個大露台封閉了三年多的「蓆幕」——這個蓆幕，原是運載鹹菜用的草織的袋子，日軍佔香港的頭一月，母親不知打那兒找來了好幾十個，把它裁開，縫綴成簾幕，把大好一個臨街的「騎樓」綿綿密密的封起來，從此，屋裏大白天也昏昏沉沉。現在，陣陣裂帛的聲音好不痛快呀！這蓆幕終於整個地剪毀拆卸了，迎來了一屋子的陽光。

這個臨街的大露台——母親向人家形容這露台時，總自豪地説是「一個單邊走馬大騎樓」，啊唷，現在居然為我所擁有，童年的我一下子發覺自己原來是這樣富足，真的，誰説我家徒四壁！這一壁呀，空氣、陽光充足，可以鳥瞰街景，可以極目海洋。母親一把大剪刀，彷彿裁掉了我童年的憂傷，給我剪出一個原來如此瑰麗的世界。

香港重光的正式日期是一九四五年八月二十日，那天是星期一（所以日後定香港重光紀念日，就在八月的最後一個星期一），但其實星期四（十六日）已經在港九的大街小巷裏流傳日本投降的消息。我在臨街的露台，因而看見一幕幕的奇景，近四十年過去了，所見的卻記憶猶新……

失敗者的瘋狂

現在駱克道的四層舊樓宇幾乎已經拆掉了，重建為巍峨大廈是近十年的事吧。當年整條街是一式四層高，我家就在靠杜老誌道口的一幢房子的四樓。這條街在日治時，入住有不少日本的大小軍官，都是他們選了個中國女人窩藏着日夕過一些酒色日子的所謂「溫柔鄉」。

日皇廣播宣布無條件投降的消息傳來，母親就幾次喃喃自語，說怕只怕他們撤退前會來一陣瘋狂。第二天，天色濛濛間，突然傳來一聲巨響，我從睡夢中嚇醒，想想是不是什麼瘋狂行動開始了……

聲音從街上傳來，我蹲在「騎樓」欄杆邊往下瞧，奇怪好一座大衣櫃墜在街心，木板破裂了，衣服傾倒一地，還有玻璃碎四散——我忙擦擦眼睛，啊呀，又一張巨型的彈簧軟牀從隔不遠的樓上墜落街心，隨之還有些玻璃器皿從屋裏扔出來，隆隆然之外又有乒乒乓乓，年幼的我。蹲在欄杆縫隙之前，看得目定口呆。幸虧這時天剛亮白，街上還未有行人。

想不到迎接勝利的「禮炮」，就是一連串的高空擲物。我不會忘記那一天斷斷續續的有人把大小物品傢具拋下街的情景。後來才知道那是日本人幹的，似乎凡是有日本人住的房子，都有東西拋出來。現時推想，大抵是一股驟來的戰敗心理作祟，破壞呀，拋擲呀，好引來痛快一陣，何況這些物品是掠劫來的，現在又不便帶走。

後來，聽說有人冒着危險到街上撿拾，還聽說有人把一張軟牀扛回家。發覺在軟墊下藏着一些小金塊……有鄰居來慫恿我們也一起去撿拾。母親說：「划不來啊，如果碰巧被擲下來的東西撞破頭那怎麼辦？天亮啦！用不着去貪日本仔的殘羹，忍耐一點吧。」

莫愁湖邊的癡想

戰後，真忘不了我進的第一間學校，校名和校長的名字是一樣的，叫做「敦梅」。「敦厚的『敦』，踏雪尋梅的『梅』。」媽媽向人介紹我念書的學校，總是這麼説。辦學的校長名叫莫敦梅，聽説在省城是個知名的老教育家。這一間在駱克道四層樓十二個單位的小學，就是廣州的分校了。

我進一年班的時候，已經八歲多了，班裏還有年紀更大的，十二歲的也有。這都拜戰爭所賜。因為全都沒有受過起碼的啟蒙教育，因此，學生都從識字開始，大概做教師的一定會倍加困難了，不過我大約遇到一個很好的老師。一年班的班主任是校長的女兒，名叫莫錫瑚。我那時年紀小小，哪知道老師的教學方法好不好呢，但記憶裏我是識字神速，一年班下學期已經學會作句了。沒有搬家之前，還有一兩本小學時的作業簿留着，後來掉失了一箱子東西，要命的都是珍貴的兒時紀念物品，想起來現在還心痛着。一個體育的「體」字多艱深，但老師一邊唱個兒歌一邊寫字在黑板上：「一間屋仔，有張凳仔，戴頂帽仔，看着月亮仔，唱支歌仔，食粒豆仔。」那「體」字經這種「拆字格」的教學方法，馬上就牢牢印在腦子裏了。教個秋天的「秋」字，她又說：「左邊的怕蟲，右邊的喜風呀！」這樣她又說禾田最怕蝗蟲，成羣的蝗蟲飛撲來，伏在田裏一會兒，就把大片大片的禾穗吃光了……教授作句也很奇特，首先是用「翻譯法」，一年班怎麼個翻譯呢？原來是老師說一句廣州話，學生就把它寫成白話，她說：「我地一陣間去食飯。」我們就寫：「我們一會兒吃飯去。」這種「翻譯法」我覺得挺好，三年級開始，我們的作文已經極少有廣東式的語句收進文章裏了。

莫錫瑚老師的印象我已模糊，甚至記不起她的樣子。但年前遊南京，來到莫愁湖邊，我竟然又癡癡地傻想着童年的往事，想着我的啟蒙老師莫錫瑚……

滿眼鬼魅

一場戰爭，死人無數。記得念一、二年級時，常聽人說鬧鬼。學校的課室前有一個大露台，和平後一兩年，我們幾個小同學，常常在下課後聚在一起看「鬼」。回想起來，也不知為什麼，年紀小小彷彿滿眼鬼魅，大抵聽得血淋淋的傳聞故事多了之故。學校的露台，對着灣仔後邊的高山，那時沒有高聳的建築，因此二馬路、三馬路也可以毫無阻擋地遙遙看得見。我們最喜歡聚精會神看山腰上的路——

「呀！看啊！又出現無頭鬼了！」

「兩個，兩個，還有無腳的！」

「他們向忠靈塔那邊飄着走，向日本死鬼索命吧！」

原來，戰後一段時期，仍保留着一座日治時代建的安放日本軍人靈牌的建築物在山上，這建築物名之為「忠靈塔」。所謂忠，所謂靈，當然是指對日皇、對軍國

知識講堂　**軍國主義**：指崇尚武力，將侵略擴張作為立國之本，把國家政治、經濟、文教等完全置於軍事控制之下。

主義者而言。我年少時聽過不少關於殺生祭塔的可怕故事，據說當年日本軍每月隆重祭塔一次，祭塔那天，清晨就有日本軍拿着大刀，在半山的路上追殺行人，並且兇殘地把人頭割下來，然後紮成一綑，拿到忠靈塔前致祭。所以，我們一羣劫後餘生的小子，竟也結合了幻想，把遙遙看見的半山路上的人，都說成是要報仇索命的鬼，這樣指指點點，居然也是很好玩的課餘生活。這一座為軍國主義者招魂的「忠靈塔」。到戰後很久，才聽說由政府有關部門，把它徹底炸毀了！

那年代，灣仔有兩個好玩的矮山可以讓頑皮孩子遊玩。近銅鑼灣的有利園山，近灣仔道的有石礦場，現在鄧肇堅醫院一帶，就是這花崗岩的石山所在。我和童年的玩伴，好幾次在石山的野草間見過骷髏白骨——這些「鬼」我們是不怕的，我們用泥沙把它埋掉，然後，第二天找來幾本《牛精良大鬧東京》之類的戰後流行坊間以打日本仔為題的漫畫書，在「墳」前燃燒，那麼，就相信「鬼」會安息了。

知識講堂 公仔紙：一張紙做的卡片，上面印有公仔圖案。

失去的樂園

前幾年回故鄉，看見那裏的村童，赤着腳，衣服補釘，但笑起來無牽無掛，朗朗地大笑；他們也沒有什麼玩具，更別說電子遊戲機了，但他們在河裏捉小蝦，在田頭捉青蛙，用樹葉捲成喇叭，可以吹響幾個高低音，我羨慕他們自得其樂。這使我回想起自己的童年。我曾經有過什麼最心愛的玩具呢？那時南洋兄弟煙草公司的香煙，都在盒內附一張「公仔紙」畫片，我最喜歡「白金龍」煙附送的「小人國」畫片。當看見人家抽煙，我就說：「下一回改抽白金龍吧，我想要一張公仔紙！」這樣，我就集齊了百多張，整整一套，心裏十二分的滿足。

那時候住灣仔的男孩子，有一塊慣常聚集的地方，那就是灣仔道後邊的石山，石山前邊，是個打石場，有工人在烈日下用鎚打石，從石山採得大石，用鐵鎚敲擊，變成粒粒小石子，我偶然蹲下來看，真怕他們打着了手指。穿過這打石場，就有荒

草萋萋的「湖」邊蹊徑，這地方簡直是孩子樂園，我們在這兒拍公仔紙、抽陀螺、彈荷蘭水蓋、捉草蜢和金絲貓（一種喜歡同類打鬥的小蟲），都玩得津津有味。而蹊徑一側，是一個經年年採石而挖成的凹地，經過幾場豪雨，載滿了雨水，像個「小湖泊」——其實說是個水池才對，這水池的水有齊腰高，正好讓我們安全地嬉水，夏天孩子們都脫得赤條條的，到水中去互相撥水，或者追逐水裏的蝌蚪和小魚羣。那一塊小天地，簡直就是王爾德童話裏描寫的孩子的樂園。

後來，那兒發生了一件叫人哀痛的事，這樣我就再沒有到那地方去了。等到童年時光快逝去，又想再到那個樂園瞧瞧，尋找一點往日的影子，不料，才知道石礦場已經擴大，一個偌大的花崗岩石山，已經快削光了……

九姑和九仔

讀林海音寫的《城南舊事》，一本寫她童年生活的著作，奇怪有那麼多又那麼深刻的成人面影溶進她的憶述裏，我努力追想，卻只記得一羣年紀相若的小伙伴。仍有一鱗半爪印象的，就是一個待自己兒子很兇的九姑，而九姑的獨子，我們管叫他九仔。

那年代駱克道樓房的建築，從屋後通到廚房，是要經過一道露台式的「吊橋」。夏天的時候，我喜歡挪一張小凳子到吊橋上坐着，一邊納涼，一邊和後屋的小朋友隔橋嘩啦嘩啦的對話。而九仔就住在後屋的天台上，天台上加建了一層，大概屋蓋薄，太陽曬在屋頂上，屋子就像熱騰騰的蒸籠，住在裏邊很是受用。年紀小小的九仔就被差使攀上那屋頂上，拿着一條接駁到水龍頭的水管，不停地在屋頂澆水。我看見屋頂的水簾瀉下，像下大雨。九仔為什麼要做這危險的工作呢？我真不明白。

屋頂漫了水，一片濕滑，九仔若一個不留神，就會墜到五層高下邊的德昌酒莊的天井上。我曾勸他在腰間紮一條繩，一頭繫在窗子上，但他不會聽我說的，他還說：「跌倒才好玩，像飛機扔降落傘！」九仔喜歡把話故意說顛倒，我是聽明白他意思的。

九姑對九仔很兇，但對鄰人卻很好，她偶然也過我家，與母親談些柴米油鹽的事，她對我也是挺和藹的。但當我聽見對屋的樓上有人呼喊夾着哭聲，就知道九姑在打兒子了。她常常是隨手執起些什麼就用勁地棒打，押門用的粗棍，磨米用的擂漿棍，都可以用上，那是多麼可怕啊。我有時情急，就對着屋頂高叫：「九姑！九姑！我媽找你呀！」等她探頭出來，我才口吃地說：「對……對不起，我記錯了，是找二樓的三嬸……」後來，我問九仔痛不痛？他總是什麼也不認，還說顛倒話：「痛什麼？有人給我抓痕搔癢，那才得意！」這就是九仔！

虎入羊欄

想起九仔，我就難過了。他是個好人，每逢水龍頭沒有水，他就手快腳快到樓下的德昌酒莊去，在酒莊的大貯水箱裏打兩盆水，一盆扛回家去，一盆就扛到我家。那年頭水龍頭常常沒有水，有時是修理水掣，有時候是敷設新水喉。水務局也不會通知我們。幸好就有九仔的幫忙。九仔沒有念書，他比我大三歲。應該上學的，但九姑沒有讓他上學，有時讓他到酒莊去做散工，但一個月沒有十天開工。

有一次，他又給我家扛水，兩條褲管捲起來，母親看到他的小腿上一塊一塊瘀黑，就把他留着，拿跌打酒替他擦，他抵着疼痛，咬着牙，沒有叫，這瘀黑不問可知，是九姑的傑作了。

「唉，真懷疑是不是你親娘。」母親一邊替他擦瘀痕，一邊說。其實這話我也對母親說過，母親曾瞪着眼看我，責我不要亂說，不然傳到九姑耳裏，就恨死我了。

但是，想不到母親自己也説了，並且直接了當問九仔。

「怎麼不是？人家都説我相貌像她。她常咒我投錯胎。也許這是真的。我是虎年出生，千不該生在羊家。」

後來聽他吞吞吐吐地縷述，才知道九仔的爸爸生肖屬羊，他出生大半年，爸爸就病死了。迷信的鄉人説，那是「虎啣羊」，九姑因而對兒子又愛又恨。戰亂時相依為命，倒沒有什麼，光復頭一年，他倆從鄉間來港，不久九姑就結識了一個男人，且論婚嫁，男的沒有嫌九姑有個兒子，倒是九姑一問之下，不敢與這男人結婚——為什麼呢？原來這男人又是羊年出世的。之後，九仔就常遭棍棒之殃了……

九姑還遇到過更倒霉的事，那半年，九仔更受苦了，常常為此躲到我家——那段往事，我想着就難過……

一陣震悸

九姑的職業是什麼？我曾到九仔的家，要從後街的樓梯登門，就在梯口靠牆處，掛着一塊大木板，板上有紅紙貼一條橫匾，寫着：「九姑薦人館（請登五樓即天台）」──在匾下就貼滿紅色紙條，上面寫着什麼字，今天想起來還歷歷在目──何宅請一腳踢、張宅請湊仔、陳宅請打雜、李宅請近身……諸如此類。戰後一兩年間，香港大概仍然市面蕭條，工廠不多，從內地四鄉一帶來的女性，要謀生只有去當傭人一途。一般中上人家，以五塊錢一個月的薪酬，就輕易從薦人館中找到個傭人了。本來介紹一個傭工，雙方都要給一點介紹費，但九姑不收僱主的費用，因此雖然高在「五樓」，也還有一點生意。

九姑倒霉的事，就是因介紹傭人而起。後來母親與鄰人述說，我從一旁聽來的：荷里活道有一家穿制服的人，從九姑的薦人館裏請來了一個保姆，怎料上工月餘，

「少爺仔」得了急病，一夜間送了命。那女傭被申斥和辭退之外，幾個穿制服的人還惡狠狠地搗毀了九姑的招牌，警告九姑從此「收檔」。

以後三天兩頭，就從對屋天上傳來九仔悽慘的喊聲。我高聲叫喊九姑，也不靈了。後來九仔拐着腳來我家，眼圈紅腫，他沒有説顛倒話了。我跟母親送他回家，母親好歹勸九姑一番，九姑也是眼圈紅腫，偶然翻起紅絲絲的眼球，「掘」九仔一眼。我走時偷偷把放在牀腳的擂漿棍拿走了。

我不會忘記那一天，九姑清晨幽魂似的出現在我家門前，説要向我們索還九仔。九仔哪裏去了，我立即從心底浮現起一陣震悸——昨夜他的確偷偷敲我家門，母親已睡，我開了一扇，他説約我到石礦場。我説：「神經病！夜孖孖，去石礦場搞乜鬼！」就把門關了……想到這兒，我慌了，飛一般衝去石礦場，母親和九姑尾隨着，到了灣仔道口，就見有一小隊警察，問一下究竟，原來那只有齊腰深的水塘，今晨發現淹死一個孩子。九姑搖曳着在發抖，母親立即攙扶她……

母親陪她去殮房，死的果然是九仔。從此，我絕足於那石礦場了……

生命與歌唱

九仔淹死的事很快就煙消雲散了。九姑有幾天悻悻然，就又忽地搬走了，而大人彷彿對這件事從此諱莫如深。我年紀小，只覺得可怕，為此常有餘悸在心頭。日治時代那幾年，比之也沒有什麼更覺可怕事烙在我心間。有些街坊小伙伴，偶然相問，也只有惘惘然與茫茫然；不過我靜靜一個人的時候，我就會偷偷責罵自己，為什麼九仔那一晚來敲我家門，約我到石礦場去，我竟只開一扇門，說一句話，就把他打發掉：而且，後來又真湊巧，大約沒多久，那通往石礦場的灣仔道口，開辦了一家殯儀館——就是香港殯儀館遷往北角前的所在——我偶然經過，看見一排排的花圈，裏邊傳出哀樂，我就以為是常為九仔而設的……

學校的功課多了，教的功課深了，那心頭的懼與哀就漸漸淡化。在敦梅小學念書，二年班有詩歌課——「鵝鵝鵝，曲項向天歌，白毛浮綠水，紅掌撥清波。」不

少課文我今天還能琅琅上口；三年班已有古文課，「孟子見梁惠王，王曰叟……」要學着搖頭晃腦地背誦；音樂課老師教的歌曲也深深記着，今天已一把年紀，仍然沒有把大部分的歌曲忘掉，在浴室裏我常哼的，居然仍是孩提時代學回來的歌。

其中一首是那年代流行於抗戰後方的，非常有趣，至今我可以全首半拍也不差唱給你聽：「來來來……你來我來他來她來，我們大家一起來，來唱歌來唱歌，一個人唱歌多寂寞多寂寞，一羣人唱歌快樂多快樂，你別笑我們盡是Do Le Me Fe So……」記得教唱歌的是一個新青年模樣，喜歡穿闊襟全白西裝，關刀領帶，頭髮半邊故意撥到斜披着眼眉，他上課總愛拿一根指揮棒，在我們齊調唱的時候，他會突然用指揮棒指着其中一個同學，用手勢要他站起來，提高腔調唱……就這樣把我們一羣小鴨子弄成像支訓練有素的大樂隊，當時我們誰都佩服他。他掛在口旁的名句是：「有陽光的地方，就有生命，有生命的地方就有歌唱。」

我扮挨打的菩薩

你別小覷那駱克道四層式的舊校舍，念初小時的校園在我印象裏是挺美好的。那時候，灣仔區三家私立的名校都在這一角：在菲林明道和駱克道交界，就是敦梅學校，敦梅學校的對面，是梅芳學校，再從駱克道往柯布連道走不遠，就是端正學校。三間學校放午學的時候，滿街都是藍褲白衫的快樂小人兒。「噹噹噹……」打鐘的黃伯用小鐵鎚敲響掛着的鐵板，孩子又魚貫地登登登的踏着花階磚，進課室去。早會要齊唸國父遺囑：「余致力國民革命，凡四十年，其目的在求中國之自由平等……革命尚未成功，同志仍須努力……」

據說這習慣只有從廣州遷來的學校仍保留着。尤記得小四唸國語「國父的少年時代」，國語課教師立即為我們編寫了一幕戲，有人演少年孫中山，有人演鄉人……而我呢，卻演那菩薩，還記得盤膝合什端坐在書桌上，少年孫中山憤恨迷信害人，去砸破廟裏的菩薩，為了劇情需要啦，我就要挨打了，把頭歪下來，算是被打破了。事隔卅餘年了，沒有忘掉，那「場景」印在心版，那課文的主旨也印在心版上。

若現在問我對當年小學的教課有什麼難忘的印象，我就容易拿自己和現在我的孩子的小學功課比較。我總覺得當年整個小學教育上，有一股難忘的「民族感」，也許抗日戰爭剛勝利，老師的言談，課文的主旨，課堂內外的生活內容，都融着中華民族的光榮、自豪，或者砥礪着孩子的志氣，建設國家，為民族增光。現在我們偶然從電台音樂中傳來一聲半調中國心、中國人什麼的，就詫異於誰填的詞，誰唱的歌，而所謂民族感，又似乎浸染不少自卑與哀傷。像我們也曾有過戰後那十數年教育薰陶的人，懷想起來就不免無限欷歔。現在有人提倡給學生灌輸「公民教育」；誰來提倡趕快給學生以民族教育呢？我想。

臨時玩具

戰後，勤勞的母親又捲起衣袖自食其力。我家在最高的四樓，在三樓不久就設立成為一家汽車司機的工會，母親就因利乘便，替司機工人洗衣服來謀生計。當年的工會，常有「麻雀耍樂」，人們在裏邊圍了幾桌，就辟辟拍拍的打得熱鬧，因此母親還兼營麻將租賃。年紀小小的我，放學之後，就要幫助做兩件事：一件是上天台去收晾曬的衣服；一件是把麻將倒在一塊大木板上，然後用布去抹拭麻將。這兩件事我覺得蠻有趣的，為什麼呢？到天台去是很好玩的，又一道陡斜的鐵梯從我家伸到天花板，我像小猴似的登登登攀上去，用點勁兒托起那鐵蓋，就看見藍藍的天空，還頂着一頭陽光呢！這種舊樓式的天台，只有住在四樓的人才可以登臨，因此天台就成了一塊寧靜的天地。母親一直禁止我獨自到天台去的，但自從天台做了晾曬場，我就可以用收衣服做理由，獨自溜到天台上了。

這塊「新開墾的處女地」，後來發生過一些難以忘懷的事，唉，我不能不說一句「往事如煙」啊！還有第二件有趣的事，就是抹洗麻將，在我眼裏，這些麻將牌，其實是積木，麻將抹乾淨之後，可以用它來砌小屋、砌長橋，或者，玩骨牌連鎖倒側的遊戲。母親偶然會嘮叨幾句，但是，我除了收集荷蘭水蓋、收集香煙附送的公仔紙，或者收集電車票和雪條棍之外，實在從來沒有一件玩具啊。用麻將牌來充當我的臨時玩具，母親也「一眼開、一眼閉」了。只是有一次，我嫌一副麻將不夠，偷偷開了兩個箱子，這樣三副牌混在一起，玩得可真夠味：可以做兩堵大圍牆，有的骨牌砌成城堡，有的骨牌是上戰場的兵士，於是兩隊兵士對壘，我彷彿是個威武的司令官。後來母親快回來了，我急忙又分成三副，放回箱子裏。第二天麻將租出去了，這些麻將客一邊玩一邊發覺不對勁，怎麼一種花有六隻牌出現，有的硬是缺了一隻呢……為這件事，母親大動了一場肝火，我因而吃了一頓辣辣的「藤蟮熬豬肉」（用藤條向皮肉亂打一頓），捲縮在被窩裏哭到三更。

半天星河

我家的天台從來不叫「天台」，叫做「曬棚」。日治時代那年我也不知道曬棚是可以臨登的，而且又從來沒有梯擺放着。記得好像是戰後第二年的農曆七月初，母親請人搬來鐵梯，又修理好天花板的鐵蓋。我像登陸月球似的驚訝喜悦——好大的一個曬棚呀！雖然「地雷」滿布，羶臭味陣陣——都是野貓拉下的遺物。母親花了幾天大洗大擦，太陽蒸過後，就出現一塊美美的新大陸了！我還矮呢，即使踮起腳跟，也不能超越圍牆，去鳥瞰街景。

但有一角圍牆崩壞得嚴重，這裏原本建得高起來，在牆上還有「1906」這建築年份的斗大的浮雕石字，現在「6」字那一角塌了，這樣走近去就可以臨街眺望，不過母親搬來幾個破爛花盆，把這缺口堵住，還故意扭痛我的耳朵，說：「扭一扭，入大腦，痛一痛，記入心……」就再三嘮叨，第一不可攀圍牆，第二不可用凳做「駁腳」，第三不可走近破花盆，第四不可在曬棚追逐亂跑……總之，叮嚀復叮嚀，就是怕稚子無知，闖出亂子，我只能撫着赤熱的耳，扁起了嘴。

像趕着去應一個什麼大日子呢，原來七月初六晚是牛郎節，這天似乎比七夕的七姐誕還熱鬧。經過幾年離亂，這「金風玉露一相逢」的日子，大抵天下間不少牛郎織女，或關山遠隔，或陰陽相阻了。這個民間俗令，給我們孩子帶來熱鬧和神秘色彩——母親在十多天前已教我用穀粒放在缽上微微浸水發了一束綠綠嫩嫩的秧苗，又用綠豆如法栽培，長了一碗豆芽，這是我最早的生物知識的啟蒙了。

似乎家家戶戶拜神焚香呢，香燭店都掛了大大的紙紮七姐盆，母親也買了一個來向天燒了，還有爆竹，拜神的時候一條樓梯都響起辟辟拍拍的高興和熱鬧……這些都難忘，但最難忘的是晚上登上曬棚——呀，七夕七夕，卧看牽牛織女星，還有那半天的銀河，滿耳的神奇故事……

看星空的「忌諱」

我從小就喜歡曬棚上的夜空。那時候，「香港之夜」已經有名（記得有一種香港出品的暢銷髮蠟，就名之為「香港之夜」），只是她的美態大抵不單靠燈光，戰傷初癒的這個小島，燈光也只是零零散散地閃灼，完全沒有像今天那樣，幾千幾萬瓦特的電力在每家每戶裏恣意揮霍，一幢幢火炬般的大廈擎向蒼穹，使燈泡霓虹搶奪淨盡了天上的光華，今天人們似乎忘了香港有過美麗的星空。我相信唯有香港那年代的孩子，倘若也如我一般擁有一個曬棚，在上邊享受過七月初七、九月初九、八月十五那些無煙無霞的晚上，才會深深銘記香港美麗的夜空。

我閉上眼就似乎想起當年所見的銀河，這邊的牛郎星，那邊的織女星，還有深邃如謎的黑空，如此立體透明，彷彿誰在引領我清清楚楚的透視一個無窮退後的深度，一路億萬小星星明明滅滅地相送，雖然實在寂寥，但似乎確有星星耳語。還有

哪，完全沒有星座知識的小孩子，也可以依稀從光暗不同的星點上比畫一些圖畫來。入秋以後，曬棚上的夜空都吸引我，因此自那年七夕之後，我就常常央求母親在晚飯後帶我上曬棚去。最喜歡母親相伴，鋪一張草蓆，我愛躺着，享受徐來的晚風，又應和着母親輕唸的童謠，猜她說的謎語，聽那些她從外婆那兒聽來的民間故事。

母親還認真地提醒我：看天空要有忌諱，第一，不要數天上的星星，如若數不完，每一顆星，會變成臉上的一粒豆皮（天花病後的痳）；第二，看見有流星橫空飛過，千萬不要呼叫，倘一呼叫，就會驚壞一次降生。「怎樣驚壞法呢？」我詫異地問。母親說：「星宿降世，應是有人家要產子。若果被驚着，那一家的母親，就會十分辛苦，怕要難產了。」我聽了前一個忌諱，還有點明白；但聽後一個，就只有惶惑，母親又一邊做着那辛苦的表情，我訥訥地問：「媽媽，我出世時，可有沒有被人驚壞過？」母親噗哧一笑，我才釋然。

知識講堂

「十字剔豆腐」：小孩玩的遊戲，玩法像現在的「大風吹」，由站在中間的人發施號令，其餘的人要儘快完成指定動作。

曬棚糖黏豆

童年的快樂，以及一些惡夢，似乎都縈繞着這曬棚展開的。自從母親開發了一塊「新大陸」，相連一列樓宇的四樓人家，都來學我家一樣，揭開天花板上的鐵蓋，像曾經緊縮的蝸牛，小心地從殼裏探出觸角——登梯探出頭來細瞄這個奇妙的屋頂。

於是，小友伴們都不約而來，像出殼的小雞，借黃昏乘涼的時刻，吱吱喳喳，一下子就熟稔了。有四、五個已經公認是「曬棚糖黏豆」，玩「十字剔豆腐」啦，「跳飛機」啦，最有趣的是一種童年時玩之不厭的尋寶遊戲——玩的時候，要齊唱一首兒歌的：

金魚銀魚過大海，金開花，銀開花，一千朵，一萬朵，一二三四冇得擇！番鬼佬，叫 COME SHORE，估得中，我做阿細，你做大哥！

這樣一邊唱，小豆丁們把小手瓜放在背後，把一塊紙團在背後偷偷地來回傳遞，然後其中一人做尋寶的，就大叫一聲：「的得BOB！」小豆丁就馬上握拳舉起雙手，又齊齊唱着：

齊齊棟起菊花手，問你要茶定要酒！

於是，那尋寶的小朋友就猜猜那塊紙團究竟握在誰人的手心裏。這樣又唱，又玩，又笑，一直到黃昏日落，聽到大人從四樓高聲呼喚「細玉！」「蝦頭番歸食飯囉！」催語聲聲，這才依依不捨地從那天窗口攀梯回家去。

能這樣齊集一起的日子是不多的，戰後的灣仔大抵是窮家的多，「窮人孩子早當家」，每個小友伴都着着實實地擔當不少家務。所以偶然能集合起來，真是最美最樂的時刻，尋寶遊戲所以特別使我們感到滿足，後來我想其中一個原因一定是表現了我們這些小小心靈相通的暢快——五六張小嘴一起唱，感情一致，語調齊一：「一千朵，一萬朵，一二三四冇得攞……」昔日的童聲，似乎又跨越時空湧到我的耳鼓了。

知識講堂 唐裝黑膠綢：是以一種叫黑膠綢的布料製造的衣服，在 20 世紀 60 年代非常流行，它的優點是通爽涼快，適宜夏季穿着。

摩妮出現

一羣「曬棚小友伴」之中，有一位算得上是神秘而來又神秘而去的，那是鄰家四樓的「摩妮」。

她的名字不叫摩妮，是我最先喚她做摩妮的。第一次在黃昏裏遇見她，剛攀梯登上曬棚來。我一看就聯想起我家魚缸裏的熱帶魚。有一種全身黑啐啐的熱帶魚叫黑摩尼，靈巧活潑——這鄰家的小孩，人兒瘦瘦，一眼大一眼小，右耳懸了個小銅環，這都不稀奇，稀奇是她竟穿一襲唐裝黑膠綢，一如個「小大人」。那年代每到夏日，滿街是穿黑膠綢短衣長褲的女人。黑膠綢聽説是雲南土產，人們喜它爽滑不沾身，穿着涼快，我母親逢夏天也常着的。但是，我覺得，誰穿上就變成大人，小孩子無論如何是不適宜穿的！唉！這個小女孩竟穿上了。她帶了長繩來，就在我跟前數着數目：「一、二、三、四……」的跳起繩來。我故意嘲諷她：「黑摩尼！」

她不管，一直跳，一直數：「七十八、七十九、八十、八十一……」我又叫：「黑摩尼！」還故意伸一隻腳勾她的繩，誰料她反順勢用繩繞我的腳，狠拉一下，我就「叭」一聲倒下。她大笑，「咭咭咭」的笑個不止。我坐在地上，硬要罵個不停：「黑摩尼，死摩尼，摩尼死，摩死尼，尼死……」

以後，我索性叫她做摩妮，她先是不回應，後來，其他曬棚小友伴都學着我叫她摩妮，漸漸，她也習慣，誰稱她「摩妮」，她也應聲了。

摩妮對繩似乎有特別感情，她很會跳繩，能跳出花式來。她還會用繩玩「挑大河」——一條小白棉繩打個結，用兩手的拇指與食指一捅、一挑，就似有白浪滔滔的大河在兩手之間騰起……

光頭和尚

摩妮真是與繩結緣的，跳繩可以一口氣跳到一千次，憑一圈白棉繩，手指頭挑上繞下，可以變成各種橫直的圖案。她偶然也結兩根短辮，喜歡用紅頭繩紮成一列粗圈兒。這都不奇怪，有一次我把毽子踢進她家裏，得她允許，攀梯從曬棚到她家裏，奇怪見冷巷橫放了兩張碌架牀，而上下牀也堆滿細繩，綑成一球一球的。我拾起我的毽子，好奇地多看幾眼，就有一個「禿頭羅漢」的漢子從房子裏出來，喝我一聲，嚇得我像猴子急忙攀梯回到曬棚上。

「誰？那個光頭和尚是誰？」我問摩妮，她噗哧一笑，說：「光頭和尚？他不是和尚，他是餅乾。」

這一回我變成和尚了——丈八和尚，摸不着頭腦。

「餅乾？什麼餅乾？梳打餅還是夾心餅？」

她又咭咭的笑，還彎起腰來痛快地笑，我看見她笑，我也笑了，我卻莫名其妙地笑。一對傻瓜笑個不亦樂乎，就在這時候，呀，那個剛才粗魯地叱喝我的「光頭和尚」也從梯攀上曬棚來了。我有點怕，立即收起笑聲和笑容，但摩妮看見他似乎更樂了，指着他說：

「光頭和尚！餅乾！你是什麼餅，梳打餅還是夾心餅？」這樣又咭咭咭地笑個飽飽的。他登上天台來，用傻眼看看我，我一面尷尬。而摩妮終於停了笑聲，說道：

「表兄哥！這是我的表兄哥！你怎麼聽成『餅乾』了？」

摩妮的說話帶點鄉音的，她又說得快——「表兄哥」，誰第一次聽她說，也準會聽成「餅乾」的。

後來，我漸漸知道很多了。摩妮一家從中山逃難到曲江，半途上翻車，摩妮說那時雖然年紀很小很小，但那燒木炭發蒸氣的老爺車，連車頂也坐滿了人，她永遠不會忘記。翻車時一車人像冤鬼叫，很多人壓死，他爸爸壓死了，表兄哥的媽媽

也壓死了。表兄哥原來不是她真的表哥，只是同路的難友，兩家都死了人——頓時一個成了寡婦（帶着四歲多的小摩妮），一個成了孤兒，這樣就互相扶持，結成一家……戰後，又來到香江。

電燈杉掛老鼠箱

摩妮的表兄哥後來也是我的表兄哥了。我不知道他的年紀。真的，孩提時代，似乎從來不管別人的歲數。表兄哥是比我大很多吧，他長一個陸軍裝，頭顱上的髮永遠像牛毛，又黑又短。摩妮說他每天要去做生意，到黃昏才回家。做什麼生意呢？後來我才弄懂了。原來摩妮的媽媽是做打繩球的——他們買一綑綑像水桶般大的白棉繩回家，然後把它繞成一個個只有拳頭般大小的繩球，再轉賣到一些洋雜貨店和文具店去。表兄哥就負一個大布袋，每天上街去，把袋裏的繩球賣光，然後才回家。那天我在摩妮家看見一牀的白繩球，就是綑好等着明天出去賣的。

表兄哥說話很粗，鵝公般的嗓音，我曾以為他是個很兇惡的人，其實不然。他知道我喜歡儲蓄電車廢票，每次上街回來，就從口袋裏拿出一堆電車票給我，我高興地忙找電車票上的號碼，找那些一一一一的二二二二的，凡是找到四個號碼相同的車票，就兩個人張開嘴「咿咿吔吔」的像野人叫，表示太高興了！他長得又高又壯，本來不應該像我們那樣孩子氣的，但他實在是孩子氣十足。摩妮走到表兄哥跟前，是「電燈杉掛老鼠箱」啦！我們是這樣形容那些一高一矮配成一對的人。那年代街頭的電燈柱半腰，都掛一個盛載消毒藥水的鐵罐子，讓人家捉到老鼠，掉進罐子裏去。不過，摩妮不喜歡人家這樣取笑她的，她會發惡，拿手上的跳繩當鞭子，追逐着打人。表兄哥反而高豎起雙手，作一個又高又瘦的姿勢，說：「我是電燈杉，來來來，你們都來做我的老鼠箱吧！」曬棚的小朋友都樂了，有的牽着他的手，有的拉他的褲頭，他就扮成狼狽相，逗得人人都笑了。

修頓球場的神秘

表兄哥——摩妮，再連上以後要說的「波地」，竟然出現過好一波驚濤駭浪，使我似乎驟然成熟了。

「波地」在哪兒？這塊彷彿是當年灣仔長大的小孩子嚮往的聖地，現在說來其實近在咫尺。就是那夾在軒尼詩道與莊士敦道間的修頓球場。但那兒離我家有好一段路程。要過不少馬路，母親是不准我溜到那麼遠的，因此，我一直只能「聽說」：聽說有個大西洋般的球場，踢波的人真夠勁！聽說有棵高大的影樹，樹上掉落的片片都是聰明葉，把它夾在書本上，這課書你讀一回就能背了。還有呢，聽說晚上那兒有個說書人（我們叫他講古阿金），左手提木偶，右手弄一條小蛇，一邊舞弄得出神入化，一邊口若懸河，聽過故事回家去，油耳的要漏出一桶油，糠耳的漏一籮灰。聽說晚上還有一個教魔術的，「斗零」教一套魔術，人們最喜歡跟他學「八仙過河」，因為學會了就能妙手空空，一個斗零（五仙）變成八個一毫。聽到這裏我常追問：「呀，那麼，變得八個毫子。豈不是可以請他再教十六套魔術？」……總之，波地是我一定要去的地方，當然，一定要瞞過母親，最好三五個結成一隊，去波地去瞄瞄，本來這願望不難實現的，但難在要黃昏日落才可以看到講古阿金，要晚上才可以看見那斗零教一套魔術的人。他們都是晚上才出來的。據說因為波地白天是踢波之地，晚上沒有人踢波了，就有熱鬧的小攤檔來擺賣。我是不大羨慕有一片聽明葉的，那些影樹的小葉子，我在石礦場附近早就摘過了。但我實在希望耳朵漏一桶油——或者只有一杯也好，也希望用一個斗零招來八仙過河，變他八個毫子啊。

有一次，我給摩妮幫了一個忙，我就請摩妮求表兄哥，請他找一晚帶我去那一塊做夢曾見的好地方——波地去……

快樂的小工場

從外表看去，摩妮瘦弱一點點，矮小一點點，左眼大一點點，右眼小一點點，右耳珠上穿了個小銅環兒，也怪異一點點。但這一點一點的加起來，摩妮就是一個很有個性的小女孩。阿濃看了我的小故事，最近曾悄悄問：「這可是你青梅竹馬的小伴侶？」我聽了，心中竟然泛起一圈圈的漣漪。在寫她出現的時候，我曾說過，她是神秘而來，又神秘而去的。在我要縷述的「波地蒙難」那陳年事跡裏，你或許會看見一個鮮活的女孩，倜儻、靈活的在你眼前。

記得那天放學，在梯口遇見她，背負着一大袋東西，那袋東西大得和她比例失調，我問：「幹什麼老鼠拉龜？」她卻放下袋子，扯着我的汗衫，說：「表兄哥上午接了一張單，嚇死人，兩天內要交二千個繩球！媽叫我不要上課兩天，死也得趕出來。你來幫我吧！還找些人來幫我吧！」我瞧瞧她袋裏的東西，原來就是那原綑的大繩，一下子連原料也不夠，要到街尾一家也是做繩球的朋友處借——哎，真是八兩抱三斤，虧她能背了那麼遠，我幫着一起扛上四樓她家，好似快用光肺裏的氣，坐着不會動彈，她卻搖我的手，說：「快，快，找細眼、大華、珠妹他們來吧，能幫我一個晚上，就謝天謝地了！」

我回家去，在一本拍紙簿上每頁寫：「八點鐘曬棚緊急集合！」然後每張摺成三角形，在三角尖用紅筆寫上「密件」二字，我盤算着用半小時從駱克道跑到軒尼詩道，從軒尼詩道跑到史釗域道，再往回跑到杜老誌道……這樣往十五個小豆丁家一一送了密件，回家還趕得及在晚飯前做完家課。

八點鐘，曬棚上來了七個人——有一半人來了，我真高興！表兄哥挽來一盞大光燈，曬棚馬上成了個工場——一個快樂的小工場，嘩嘩啦啦的唱歌、說笑話，但手是勤的，像機器似的綑着小繩球。摩妮踢我的腳，表示感激。

夜探波地

也許是投桃報李吧。我提出找一個晚上，由表兄哥帶我們到波地去，他立即諾言應允，細眼、大華、珠妹幾個，高興得把綑好的繩球當皮球，向空拋去……那年頭沒有維園，兵頭花園（植物公園）在老遠，修頓球場孩子們已夠嚮往了。

母親對表兄哥的印象挺好的，說他「戇直」，說他「淳厚」，由表兄哥帶隊她是放心的。於是，一羣「鴨仔」在一個黃昏日落後，夜探波地去了。

初次接觸那夜灣仔，就有愴涼感覺襲上心頭。街燈並不明亮，球場外，有不少乾瘦的女人，口紅塗得厚厚，指甲染得丹紅，浪蕩流連，看見過路的男人，歪歪頭，翹翹下巴。表兄哥小聲說：她們是「賣肉」的，「賣笑」的。在球場欄杆外，還斜躺着一列列衣衫襤褸的苦力，黃黑的粗竹竿捲了麻繩相伴，面色蠟黃，疲憊不堪，表兄哥又小聲說，那是「賣力」的，不夠錢用也「賣血」……兒時我看見的香港，

就是那般樣子。

不過，球場內倒是個娛樂天地，一盞一盞大光燈，就成了一個一個焦點，聚攏了一羣一羣人。我可高興了，嚷着要找講古阿金，要看「八仙過河」的魔術……密密的鑼聲先吸引我們，但鑽進人羣去可不容易。刁黠的摩妮竟高叫兩聲：「強仔呀！」就有三兩個叫「強仔」的人從人堆走出來，她挽着我的手趁機鑽進人堆去了。哎，原來是在演「耍猴戲」，一隻猴子穿了大將軍的戲服，一隻狗打扮成一匹馬，我看得可高興啦，打鑼的人是個矮瘦的老伯，戴頂小氈帽，個子瘦小，嗓門兒卻大，忽然高聲叱喝一聲：「喳！」那猴子就凌空打兩個筋斗，戴着的帽卻沒有掉落，看的人都起勁拍手叫好；但老伯再叱喝一聲，猴子就躺着不動了。老伯執起皮鞭要打牠，牠也還是躺着。這樣，老伯就脱下頭上的小氈帽，用北方口音説廣東話：「各位大佬大姑，少奶小姐，馬騮兩天沒吃東西了，請大家賞個錢吧。」他説完，剛才叫好的人都散開了，只有很少人還站着。我們幾個沒有走開，但我們沒有錢，表兄哥挖了兩個口袋，才拿出五分錢來放進老伯的氈帽裏。

危機潛藏

耍猴戲的老伯只賺得幾角錢，樣子可憐兮兮的，翻起腰帶，拔出已變黑的小布袋，把幾個錢塞進去。那猴子慢慢走過來，站在老伯的跟前，老伯罵牠一聲，牠就屈膝跪下來，向疏落的觀眾叩頭。我口袋裏是有兩枚「斗零」的，我猶豫着探手進去，捏着它，想了一會，還是沒有翻出來，心裏熱切盼望一會兒找着那教魔術的人，如果真有「八仙過河」的本領，若能多變幾角錢，回頭一定全贈給這老伯。

突然，一個高大的漢子亮出一張一元鈔票（那年代只有五仙和一毫是硬幣），老伯高興得忙作揖彎腰，猴子也朝他猛叩頭，可是，那漢子聲調怪異，說：「老人家，收下這一文，請你馬上收檔！」老伯愕然，我們幾個「鴨仔」仰着頭，奇怪為什麼給錢的不是為了多看幾回表演？

大光燈附近，又出現一個漢子，不懷好意地踢幾下放猴子戲服的箱子。老伯看

了，眼睛露出怨懟的神色，「呸」一聲吐一口涎，吟沉幾句我聽不懂的鄉音，卻又無奈地上前收檔了——他提起大光燈和鑼，猴子上前推車子，箱子下邊原來有滑輪的，狗跟在後邊，我們就目送着老伯向球場一角暗處走了。那漢子扣起兩個指頭，放到唇邊，「呼哨」一聲響，就有兩瘦子扛來個箱和提來大光燈，佔據了這地盤了。

我們看得心裏氣憤，正要看看新來的賣什麼把戲，卻突然聽見那邊有狗聲狂吠，表兄哥箭一般循狗聲跑去了，摩妮和大華猛然跟着去。我一向怕惡狗，和珠妹兩個猶豫不前。一會兒，吠聲嘎然止了，大華又跑回來，氣急敗壞地說：「在那黑暗角落，有人竟搶老伯的幾個錢！他的狗撲過去，又被棍打得頭破血流。」這時候，鑼聲再響，還見豎起一面長條型的彩旗。上寫着「濟世良藥」的字。

我們一時滿腔憤恨，竟不知好歹，齊齊「噓——噓——」的喝倒彩，見打鑼的怒目相看，我做個吐舌鬼臉，拉大家走了，一時他們像被人「柴」倒了台啦！

我們跟大華跑到那邊燈色暗處。呀！我看得淚也淌下來——老伯癱瘓的坐在地上，箱子倒翻，戲服散地，狗兒倒在血泊裏，猴子在一旁發出「嘰嘰」的悲鳴……

脖子上的粗臂

我們四個人走近去，看見狗兒大概已經死了，眼珠凸出反白，半邊牙呲裂，嘴角滴血，說得上死狀恐怖。細眼與珠妹面色陡白，珠妹口吃地小聲說：「走……走吧，大華哥，你也走吧！」大華向我做個要離開的手勢。我連忙環顧四周，看看表兄哥和摩妮在哪兒，這才發覺不見了他倆的蹤影。我正猶豫，大華他們三個已急忙步離波地了。我不禁心裏怦怦跳動，特別是那猴子「嘰嘰」的哀叫聲，聽來是很叫人心寒的。我鼓起了勇氣，走近那靠圍牆暗角的老伯身旁，他一直坐着不動，盯着那死狗，偶然搖頭歎氣，一副欲哭無淚的樣子。我問：「老伯，你……你怎麼啦？有……有看見一個高高的光頭仔和一個矮細的小妹妹？」

真為這耍猴戲的老伯難過，他一定受了大刺激，呆着不說話，我再「喂喂」連聲，才見他抬起頭來看我，我又追問，他提起手，握拳擊在胸口上，又指指那邊出口處，我真不明白什麼意思，只好循他指點的出口那邊走，去找表兄哥和摩妮。

雖然波地燈光依舊，熱鬧如常，但友伴一個也不在身旁，我真如處身孤島。球場外，又遇見那些艷紅掩不住蠟黃臉色的女人在向路人兜搭。那年代，路燈像八角小亭，燃的是煤氣，照得人也蒼黃，路也昏黃。我兩手兜在嘴邊，喊叫：「表兄哥——摩妮——表兄哥！」

過了馬路，我打算認着路回去了。來到軒尼詩道要轉進駱克道口，我不禁又停下腳步，回頭看隔一條馬路的波地，四周的暗色，使波地顯得更像個發亮的金銀島——我沒有看見左手提木偶右手弄小蛇的講古阿金，口袋裏兩個「斗零」還留着，沒有學到魔術，就連影樹下的聰明葉也沒有拾到半片，心裏悵悵然，不禁又兜起雙手在嘴旁，高叫：「表兄哥——摩妮！」

突然，有一隻粗臂勒在我的脖子上，一隻滿是跌打藥味的手掩着我嘴，把我向後拖曳……

再探虎穴

我被拖曳到樓梯底，那臂膀才放鬆了，掩着我嘴的手一股濃烈的跌打酒嗆得我直咳嗽。我回轉頭看，呀，原來竟是表兄哥！還有摩妮坐在樓梯級上，皺起眉心，托着手肘。

我問清楚發生了什麼事，聽他倆一個接一句，才知道了那經過。原來剛才表兄哥和摩妮到暗角去，看見那曾亮出一元給耍猴老伯的漢子，正惡狠狠地抓住老伯胸口的上衣，鬧着要他還錢，一元不夠，還要搶老伯的布袋。表兄哥不平地說一句：「這不是搶嗎！」不料那漢子回身踢他一腳。當老伯的狗再吠叫的時候，就有另一個漢子閃出來，手執粗棒要命地砸向狗頭，摩妮嚇得尖叫，竟然也挨了兩拳。

這時候大華跑來，表兄哥趕忙叫他跑回去。那漢子又抓住表兄哥，恐嚇道：「你們一羣『塞豆窿』，不曉得『死』字的寫法！快快一個二個滾出去！」這時摩妮也許挨了拳，又嚇了大驚，竟暈倒了。耍猴的老伯怕傷及孩子，把錢袋遞上去，叫道：「求求你們拿了錢走吧！」漢子見錢開了眼，搶過錢袋，吐一口涎沫，回頭還罵：「若見你這些『塞豆窿』不走，都把腳砸跛！」而老伯忙拿出一瓶藥油，把摩妮救醒，又送表兄哥一瓶跌打酒，揮手叫他們快回家。摩妮剛才舉手擋了兩拳，現在覺得手痛，呻吟着，表兄哥挽着她，離開了波地，就在樓梯這一角停下來，表兄哥用老伯送的跌打酒，給摩妮擦藥，一邊沉吟：「不知道他們三個先回家了沒有？大華會照顧他們吧？」這時候，就聽見我在高叫「摩妮——表兄哥」，表兄哥怕又驚動那惡漢，急忙掩我的嘴，把我拖曳進樓梯來。

聽過了這番縷述，我心裏竟然沒有害怕，說道：「嘿！惡人沒有好報。我想再回去看看！」

想不到摩妮霍地站起來，說：「我是不服氣的！要驚也驚過啦！悄悄回去吧！」

這樣，抱着探虎穴的心情，我們三個悄悄地再回到波地去了……

一台好戲

做孩子的凡事覺得既可怕又有一股衝動，就是最刺激的事情了。這一次我們折返修頓球場，從莊士敦道的入口，借熙攘的人羣掩護，又廁身在看熱鬧的人羣中。幾下突然猛擂的鼓聲，使我嚇得心臟跳離了胸口。摩妮執着我的手，小聲説：「你害怕麼？」我按一按胸膛，牽動一下面上的笑肌，説：「我才不怕！」

這一角在做布袋木偶戲，小舞台上有幾個布袋木偶在講俏皮話，原來是孫悟空和豬八戒在又笑又罵，卻突然有一個戴上了木偶面具，扮作如來佛祖的人出現，他站在小舞台邊，伸出手來，哈哈大笑，説：「孫悟空，諒你有七十二變功夫，你也不能翻過我的手掌呀！」跟着又有幾下重擂的鼓聲緊緊地吸引了我們。由真人扮成木偶與舞台上的小木偶做對手戲，這樣的玩意兒我從沒有看過——還有更奇怪的，後來孫悟空在「如來佛祖」的「五指山」上停下來，自言自語道：「哈哈，我老孫就在這山腳撒泡尿，好表示我曾到此一遊啊！」說完，有一條肉色的小管從木偶下邊伸出來，果然「殊殊殊」——加上配音，就有水從小管流出來，把孫悟空撒尿表演得維肖維妙，台下的觀眾哈哈大笑不止，我們三個更是捧着肚子狂笑，卻突然，那扮演如來佛祖的翻起了手，叱喝道：「大膽猴兒！竟敢如此無禮！我呸！讓我把你打回原形，使你這妖猴當眾出醜呀！」這樣一陣鑼鼓聲，小舞台也翻動得震騰騰，一下間，布袋小木偶的孫悟空不見了，卻有一隻真猴子出現，從舞台上翻下來，在「如來佛祖」前，跪下猛叩頭，觀眾給這連場好戲弄得如癡如醉，拚命拍掌，有的人又自動解囊，一毫、五仙的硬幣不停扔過去。我們卻留意到，那猴子呀——是不是我們剛才看見的那耍猴戲老伯的猴子呢？這時一個小丑裝扮的人出來打躬作揖。不停說：「多謝，多謝街坊叔伯……」我們三個卻不約而同緊跟着退場的「如來佛祖」，他躲到舞台後，忙揭起那佛頭蓋。啊！正是耍猴的老伯，那猴子抱着他怪親熱的，像相依為命的父子……

天高地厚

耍猴的老伯看見我們，竟大吃一驚，急忙拿出道具箱子裏的面具，胡亂地替我們戴上。摩妮變成個紅臉關公，還有一把鬍子；表兄哥卻是個母夜叉，頂上有角；我不知道自己的面具怎樣，見他們指着我笑彎了腰，我也樂得要大笑一頓。老伯可氣得拿起道具用的馬鞭猛揮，壓着嗓門兒說：「你們真不知天高地厚呀！那一羣賣假藥的惡爺，是不好惹的，他們有幫有會，有耳有目，若得知你們再回來，他們會真的把你們的腳打跛！犯不着啊，小孩子……」老伯看見還有高大的表兄哥，他搖搖表兄哥的肩膊，說：「你是大頭目吧，不要讓你的小手下受險呀，聽說你們還曾經集合一羣『細路』喝倒彩，那個頂爺得知，曾經氣得捏響拳頭上的手骨……總之，危機四伏，走吧！」

我說：「老伯，你真好！我喜歡看你的表演，還想看魔術。現在就走？戴着這些面具走麼？」

老伯說：「我見到觀眾裏頭有他們的『馬仔』，快脫下面具，從後邊溜吧！」

就在這時，聽到「嘿嘿」兩聲，突然有穿唐裝的漢子逼近，一個把我的面具扯一下，立即因為面具的眼孔和眼睛對不上，變成像被蒙面了。跟着感覺被人粗暴地抓住衣領，把我騰空揪起來。粗話罵過一遍，又說：「剛才看戲，你們笑夠啦！現在要你們哭，哭呀！」

頓時，摩妮哭聲立即震天價響：「哇！好痛呀！大人欺細路呀！嗚嗚嗚！」我一聽，心也慌了，真個掉下眼淚大哭：「嗚哇！嗚哇！」

「不准大聲哭！」是另張粗暴的叫聲。但摩妮反而哭得更大聲：「哇！哇！」

我被那抓住後領的手一推，就重重地栽倒在地上，兩膝蓋着地，真痛得我要命，本能地比摩妮哭得更大聲，心裏想：「天有多高，地有多厚，我知道了……」

勇敢的摩妮

我拉下面具，才知道猴子就在我身旁，牠接過我的面具，就戴上了，我看了，禁不住用手臂揩淚水破涕為笑了，這面具呀，是個模樣滑稽，紮了丫角辮的胖姑娘，有一顆黑痣在唇角邊，猴子駕輕就熟，扭着那嫣紅的屁股表演起來。驟然，我發現摩妮在我一旁之外，還來了大羣人，把我們圍住了，四周爆出哈哈大笑聲，轉頭看摩妮，她還沒有拉下關公面具，坐在地上，卻停了哭叫聲，我拉她站起來，居然有人扔些一毫、五仙的硬幣。那小丑裝扮的人站起來又是打躬作揖，不停說道：「多謝，多謝街坊叔伯……」他說了幾聲，低頭拾地上的硬幣，走到我和摩妮的身旁，壓低嗓子說：「快走呀！那兩個惡漢，在追打你的大頭目，還押走了耍猴的老伯，跑啦！」我一聽，整個人呆了，原來表兄哥和老伯有難啊！摩妮忽然甩開我拉着她的手，扯下了面具，她……她竟然當着一羣熱鬧的人，大聲的哭了。那小丑卻急得頓腳，對觀眾打圓場，說：「沒……沒事，沒事……」我又執着摩妮的手，要拉她走了，但她竟又甩開我的手，哭聲不止，這樣看熱鬧的人起哄了，有人問：「誰欺負你呀，小姑娘。」

我又羞又慌張，真想找個洞鑽進去。可是，摩妮竟大聲說話了：「我們是小孩子，不懂事。剛才有人要打耍猴的老伯伯，又搶他的錢，砸死他那隻會表演的狗，我們看不過眼，說幾句話，現在，那些惡人又要對付我們了……」說到這裏，摩妮大顆大顆淚珠滴了下來，我不禁也跟着哭了。觀眾又起哄，有人問：「那些人呢？」

我不知哪裏來的勇氣，學着小丑的聲調，說：「多謝，多謝街坊叔伯，請你們救救我們啊，兩個惡爺拉走了老伯，又打我的表哥他們……他們……」

那小丑霍地站到我面前，指着昏暗的樹椿那邊，說：「向那邊跑了！」

想不到一羣人氣勢洶洶，向樹椿那邊跑去。那小丑立即轉過頭來，又頓腳，說：「你……你這些塞豆窿，闖大禍啦！」我心裏怦怦的狂跳。摩妮卻拉緊我的手，把面具掉給小丑，就跟隨人羣向樹椿跑去了……

兩聲慘叫

原來兩個惡爺押了老伯和表兄哥到樹樁那邊見他們的「頂爺」，怎料忽然見有洶湧的人羣湧來，他們急呼了幾聲口哨，賣藥那一檔也有幾個漢子拿着長竿聞聲趕來了。兩隊人對峙一陣子，對罵了幾回。他們有人執着長竿（竿頂上有尖刺的），居然人性全失，以尖刺戮向耍猴老伯的胸口，叫道：「你們快快滾蛋，不要多管閒事，不然竹竿無情，先開血祭！」

這時候我和摩妮喘着氣趕來了，看見表兄哥被他們反手扭着臂，從臉上痛苦的表情知道他實在難受，更使人驚駭的，是長矛刺在已被押着的老伯胸前，他倒平靜閉着眼，像要赴刑場的英雄好漢。我們這一邊十多個人，壓抑着怒火，怕真的傷害了老伯。其中一個高聲說：「你們這些賣假藥的人渣！竟欺負老弱幼兒，看你們以後怎樣在江湖行走，快快放人呀，放了人我們就散開！」

突然，有一個婦人倉皇地推開人堆，不管一切撲向表兄哥，淒厲地大叫：「你們不能傷害他！」這驟來的變化，使眾人呆了一下，人羣中有一個敏捷地趁機飛撲過去。抓着長竿，再伸堂腿一掃，就有人應聲倒地，長竿易手。老伯化險為夷。摩妮隨之又發出厲聲大叫：「媽媽呀！」我怕她亂闖出事，本能地用勁拉着她的手，她像受傷的小鹿拚命甩我的手要撲過去。但場面在兩聲厲叫之後，就大亂了，已經有人打做一團。我和摩妮倒像在旋風中心，這時才清楚知道那婦人是摩妮的母親，她竟然來了！表兄哥在混亂中掙扎脱甩。跟着，有人叫我，抬頭看去，見大華來了，後邊一個——呀，是我的母親，那一剎那的感受，真無從描述，在危難時看見媽媽，卻又是自己闖下大禍時看見媽媽。但母親不顧一切張開手臂擁我在懷裏，我的淚水就隨着鼻涕出來了。

接着，「銀雞」四響，警察湧至（我到中學才知道「銀雞」應叫做警笛）。

原來大華回到家裏，等了一會不見我們的影子，就跟摩妮媽媽和我的媽媽説了，她倆嚇得大驚，忙去報警，然後跟大華趕來波地……

知識講堂　豬籠車：警隊早期的大型運輸車，它的車斗和車頂之間，有鐵網圍封，所以俗稱「豬籠車」。

在警署一宵

警察忽然湧至，打鬥的人來不及逃散，都被抓到停在球場外的「豬籠車」上。警察要我們三個——表兄哥、摩妮和我一起到警察局去，兩位母親情急起來，也拚命要擠上「豬籠車」，要跟我們一起到警察局，卻被硬繃繃的警棍擋着，我們在車裏，她們在車外，一剎那像要訣別似的，我害怕得又哭了，摩妮卻捏我一把，大聲叫出去：「媽！沒事的！回去吧！」

清楚記得，那是灣仔警署，對着高士打道的海面。我們莫名其妙地坐了一宵，聽說要一個一個問話，記錄口供，但似乎做記錄的人不多，就煩悶地坐在長木椅上，我看見前頭還有耍猴子的老伯，我和摩妮向他招手，他起立要過來，卻被當值的幫辦喝住。我真氣餒，我們不是犯人呀？他做了個手勢，輕輕拍拍胸膛，又兩手合什，做個膜拜的樣子。我明白他的意思，他是說不要怕，有神靈庇祐。啊，我抬頭，看見一個供奉關雲長的神龕，矇矇矓矓之間，我竟然倚着表兄哥睡着了。睡得正酣，那關雲長就從神龕下來，拿着關刀在我眼前揮舞，我問：「你是戴面具的假關公，還是真關公？」接着，他一聲叱喝，哎，我醒來了，原來是摩妮！她在我耳邊叫一聲，我睜眼就記得她在波地時候，戴起關公面具的模樣……

我和摩妮、表兄哥終於被詳細問話了。做記錄的人倒也和氣，我就把耍猴老伯怎樣可憐，賣假藥攤子的人怎樣霸王，說得一清二楚，還告訴他說：「叔叔，你抓來的人有忠有奸，求求你快把忠的都放了吧！」那叔叔笑了一下，接着就要我在紙上簽個名，和藹地告訴我：「沒事了，你們三個回去吧！要我們的伙記送你們回去嗎？」

步出灣仔警署大門，外面竟漆黑一片，見門口的大鐘過了三點鐘啦，表兄哥說：「拐個彎就回到家，也方便！」我驟然覺得海風勁吹，那午夜清爽的海風呀，似乎從來沒有遇上過，為什麼忙着回家？就扯着摩妮的辮子，說：「到海皮看看，到海皮看看！」——我們習慣稱海邊做海皮的。

午夜海旁

現在高士打道外已經填海，有高樓林立。但我童年時代的灣仔海旁，實在是別有天地。午後我常到那裏看人家釣魚，記得有兩條吊梯，可以從馬路攀到水面，當潮退時，就有光着上身的人攀下去，拾些古怪的貝殼；有的拾荒的人去撿洋鐵罐、玻璃瓶。我始終不敢下去，只會「臨淵羨魚」。這一晚，經歷這些風波，應該是歸心似箭才是，奇怪我步出警察局大門，就被夜色迷濛的海吸引了。居然有摩妮和表兄哥陪我「癲」，這個「癲」字是傳神的，似乎往後也不容有午夜癲一癲的日子了。

我們垂足海岸，坐在柏油路上。五十年代的香港是恬靜的，九龍也沒有璀璨的燈罷，海中不見巨輪，只有因渡輪停航而負起往還於海港兩岸的小汽艇，「嘩啦嘩啦」鼓着浪。

表兄哥問我：「以後還敢到波地逛嗎？」我把拾得的荷蘭水蓋玩打水漂遊戲，

一邊說道：「誰說不敢？只怕……只怕媽媽不准……」說到這兒，忽然有三個水兵腳步浮躁的走近來，一個似乎還拿着酒瓶，嚇得我們齊拔腳跑了，沿着筆直的高士打道奔跑，一直跑回杜老誌道我的家。

以後，母親嚴禁我在晚飯後外出了，並且，摩妮的媽媽大大地生我的氣，說我千不該提出要夜探波地。摩妮、表兄哥沒有再上天台來──曬棚少了他倆，也似乎沒意思。只有大華還常上來，他第一個用「孫中山在倫敦蒙難」的故事套在我們的經歷上，對其他小伙伴誇言：「嘿！想起我們波地蒙難呀……」我聽見就笑了，但是笑得並不痛快，因我竟全不知道事情的結果，也不知道耍猴老伯如何生活了，唉，還有媽媽不時的怨語，摩妮、表兄哥久未見面……

笛子微音

記得是四年級下學期，那位喜歡穿闊襟白西裝的音樂老師，每人發一枝竹笛，說要「借一管牧童笛，使你們的音樂細胞開竅。」笛子領回來了，老師規定用毛筆在洞口一旁寫上D、L、M、F、S……並限我們兩三堂間就要熟習了八個音階的指法。不到一個月，我居然會吹「可愛的家庭」和「友誼萬歲」的小調。波地蒙難以後，摩妮、表兄哥很久沒有再上曬棚了，在街上也沒有碰見他們。我心中有怨，心中有悶，就越發覺得那笛子吹奏的微音，居然可以宣洩一點怨氣、悶氣。晚飯後我常立在屋後的吊橋上，憑欄弄笛。記得新學一首「秋聲」，曲詞有一句「梧桐葉落，秋風漫起」……什麼什麼的都忘記了，但音調卻沒有忘記，低八度起音，「SO SO ME——ME LE DO SO——」真是聲聲慢，韻調滿是哀意，我那時年紀小小，似乎也領略了歌曲的 melody。晚上九點後，吊橋外的街景已有夜闌人靜之感，我就憑着欄杆，來回往復，借笛子微音抒發胸臆。

有一天上學在路上碰見大華。他說告訴我一個好消息：有人送一隻小狗給摩妮——大華住在摩妮家樓下兩層，因此偶然給我說說摩妮和表兄哥的消息。

「這算什麼好消息？」我回答說。大華瞪着眼：「你別急，聽下去吧，表兄哥和摩妮今天晚上會帶小狗到曬棚去玩耍！」

我聽了高興得跳了起來，巴望剛升起的太陽快快下山，好讓夜色立即降臨……

卻誰料到就只此一夕。

那天晚上我早在天棚守候，卻看見摩妮的媽媽第一個上來，隨後才見摩妮和表兄哥，還有那初見面的毛色棕灰的胖胖的小狗。我們要說話卻似乎喉頭塞了橄欖。表兄哥撫撫我的頭，不想多說什麼，就獨自在一角打拳，他常常玩「虎鶴雙形」的洪拳的。摩妮偶然問一句：「耍猴的老伯怎樣了？」我攤開手，反問：「你知道他怎樣了？」她回頭看看媽媽在甩着手活動筋骨，急忙別過臉小聲說：「媽媽和表兄哥吵了幾場大架，媽也怪你呀。真莫名其妙！」她又說：「你常常晚上吹笛嗎？」

1906

我奇怪：「聲音傳到你那邊？」這時候，看見小狗親熱地跑過來，我學着喚牠的名字「MOMO，MOMO」的逗牠玩，牠忽然看見牆角有老鼠跑過，竟去追，我和摩妮跟着牠跑，一時積了一個月的心中悶氣都散了。就在這時候，小狗在那塑了「1906」凸字的圍牆上鑽去，要捉那竄走了的老鼠，牠不曉得這一角塌了一截，只有一個爛花盆堵住缺口，但沒有全堵住啊！我和摩妮上前，料不到小狗就在這一剎那從這缺口墜下街心去——我和摩妮不約而同一聲尖叫：呀——

小友伴走了

這隻小狗MOMO與我算是緣薄了，才撫牠幾下，喚牠幾聲，牠的奔跑給我和摩妮一陣歡暢，卻在頃刻間就從曬棚的圍牆缺口墜下街心了，那是五層高的樓，我第一個念頭是立即跑下街去看看，但摩妮情急，「哇」的一聲哭起來，還拚命搥打我，彷彿這是由我而起。摩妮的媽媽跑過來了，她今晚已經沒有寬容過，現在見小狗「跳樓」，又見摩妮哭着搥打我，她立時用異樣的眼神盯着我，我彷彿看見她的眼睛綻出火花，剎那間，一記耳光打來「拍！」的一聲，好清脆。我撫着臉——火辣辣的。這時候才看見呆定了的摩妮突然摟着媽媽，大叫：「媽！MOMO是自己追逐老鼠才跌下去的，不關他事！媽！你為什麼打人！」

我聽到摩妮為我說話，這時候我才懂得哭，不過，我知道摩妮是最不喜歡我哭的，這樣我就舉足狂跑，攀下扶梯，又衝出街門，一個勁兒跑到樓下去，拐彎就是小狗墜落的地方，早有兩三個人圍着，我擠過去，見MOMO倒在血泊裏，我揩着淚，還有些鼻涕吧。這時候有一隻親熱的手把我攔腰抱起來，回頭看，啊，是表兄哥，他把我抱離現場才把我放下，又送我到杜老誌道的家門前。我們竟沒有說什麼，後來表兄哥走了，走了兩步，回頭對我說：「我們可能要搬了。」我呆了一下，大聲問：「搬到哪裏？」他站着沒有回頭，說一句：「不知道，可能搬返內地。」說完就走了。

我回到家裏，記得那天母親又把我痛罵了一頓，我就糊着淚睡了。第二天，母親把我的耳朵扭痛才猛的醒來，她曾為崩壞的圍牆警告我，扭痛我的耳朵，「扭一扭，入大腦，痛一痛，記在心。」我為什麼沒有記在心，讓MOMO牠……

那天上課遲到，又遭老師斥責了一頓……這樣糊里糊塗過了好幾天，一天早上又碰到大華，才知道摩妮一家真的搬了，我發狂地跑到駱克道那邊，奔上四樓，見摩妮的家門外加了鐵鏈和一把大鎖，門上貼了一張紅紙，上面寫着：「有樓出租」，其他什麼也不見了，只有樓梯口有個香爐，插滿香腳，我竟不知那裏來的怒氣，一腳把香爐踢下樓梯，一時爐灰四飛，爐子撞擊樓梯級「噠噠噠……」的響一串，我才想起母親平時的教訓：不可得罪土地公公，否則就要倒霉了。於是又誠惶誠恐地到樓梯下邊拾起香爐，爬上梯級上，恭恭敬敬地放回原處，合什向空處拜一拜……

以後果然倒霉了一段日子，並且沒有再聽見表兄哥和摩妮的消息，連大華也說一點消息也沒有。我卻一直納悶：與摩妮一家同住的還有兩三伙人，為什麼會同時搬走了呢？

遠了童年

除了後來在樓梯腳拾得一個遺下的繩球之外，摩妮一家就這樣在空氣中消失了。懷着滿肚疑惑過日子是不好受的。不知為什麼，這一年學校的成績像江河日下。也不知道，是母親的脾氣日壞，還是我的行為日劣，竟常挨罵，並且也挨打。記得九仔淹死之前，母親常在我面前説九姑打孩子的不是，但是，現在她也偶然執起量衣用的桃木長尺，像有無盡的怨憤要在尺端宣洩，像雨點般向我劈打而來。那時，孩子都時興玩陀螺（搖搖尚未面世），木陀螺從地攤買回來後，把原有的尖釘拔了，換一口自家磨尖的鋼釘，這種叫做「金剛螺」。我真的無心向學，放學後就拿了幾個自己加工的金剛螺到街上與一羣野孩子比鬥。比的方法是用自己的陀螺向人家在地上轉着的陀螺扔去，若把對方的木陀螺鑿破，就會被一羣看熱鬧的人當做小英雄了。我竟常常在街頭得到了英雄慾的滿足。摩妮走後，我沒有涉足曬棚了，有時也從屋頂傳來一羣孩子玩耍着唱童謠的聲音：「齊齊棟起菊花手，問你要茶定要酒……」細玉、蝦頭他們大概還沒有長大，還夾雜在孩子堆裏——我覺得自己是長大了，挨母親痛打，挨老師責罰，竟然也不算什麼，能用我的「金剛螺」在遊戲場上勝出幾回，聽見滿耳在起鬨的讚聲，感覺上，就什麼也贏回來了啊……

四年班那年我終於留班了。班主任在我成績報告表的操行評語上寫：「剛愎自用，無心向學。」我拿着這紅字斑斑的成績表回家，在樓梯間，先用萬金油擦手，擦頭，擦在小腿間。這樣就有一點麻木感，容易挨那如雨點的木尺痛打吧。不料，母親看了成績表，似乎早預料到，反而聞到藥油味，慈愛地撫撫我的額，問我是不是病了？我也許心在跳，面赤紅，身也真有點發燙……

就這樣，我似乎遠了童年快樂的時光，遠了童年時代……

越過時空

人生的路大抵不會是I型，也極少是A型。W型的人生，啊！像那古詩一語：「行到水窮處，坐看雲起時。」我因戰爭的阻延，已經超齡開學，接到學校留班通知書，眼看超齡又出一橛。不料，還有更「可怕」的，母親託了不少人情，來回跑過了不知多少次，竟為我找到轉校的門徑，這一轉非同小可，是轉到西區半山的羅富國師範學院附屬小學去，那是官立小學，當年要覓一個官立小學座位絕對不容易，母親怕我念不上去，竟安排我重讀小三——總之，我驟聽到這消息，整個呆了大半天，一夜裏又輾轉反側，總是想着母校敦梅的友伴和敦梅的老師。

我拿起那牧童短笛，悄悄地又站到吊橋上，吹奏我喜歡的「友誼萬歲」。從吊橋可以望見軒尼詩道，黯淡的煤氣街燈，偶見夜間踽踽而行的替人算命的盲人，「叮叮」的敲着銅板；又有在巷口拉二胡的盲歌者，有忙碌的清糞工人，間或，有叫賣消夜的小販——「熱辣辣裹蒸糭——」糭字音拖得老長。這道架在屋後的吊橋，因為與屋子分隔，竟是我童年苦悶時可以遁世的小天地，現在駱克道舊屋拆盡，連可足憑弔的吊橋也沒有了。

那年暑假後，就得天未亮起牀，跑到老遠的跑馬地邊緣去乘三號巴士，在「大學堂」總站下車，這所羅富國附小居然沒有自己的校舍，是借用聖保羅書院的課堂的。但那實在是與敦梅小學完全兩樣的。新環境，我擔心自己超齡，但上學後發覺比自己高大的人可不少——就這樣，竟然在我重讀三年級時，結束了我童年時代。少年的我，在那兒交了全新的朋友，每逢星期六因為只上三堂課，十點四十分放學

二十世紀九十年代的聖保羅書院

了，幾個年紀相若的好朋友就把省下的乘車錢買雪條吃，沿般含道上羅便臣道，再到植物公園的「二兵頭」去玩一個下午，翻山越嶺而外，又沿植物公園的下水道去爬陰溝……但那似乎已經不是童年了罷？年前莫彼得要去英國，我們還特意重臨小兵頭的下水道出口的欄杆邊，側着耳朵，希望廿多年前留下的朗朗笑聲會越過時空回來……

三萬小格

說來也有趣，以後四年小學，竟是借來的校舍，借來的課室。當年羅富國師範學院辦附屬小學，先向聖保羅書院借校舍，後來又改向英皇書院借校舍，忘不了英皇書院那古雅的紅磚建築，我曾以小學生之名蹭了三年多，直至小學畢業。還有更妙的地方，每周總有兩三次要全班列隊出去外邊上堂，那「外邊」就是沿般含道走十五分鐘的羅富國師範學院，我們要按時到那兒去接受準教師們的實習。到羅師去上實習課，畢生難忘，我們面對一個準備充分並且上課時道具多多的年青教師，看他戰戰兢兢地面對我們一羣小鴨子，也忍俊不禁啊。

上實習課時，後排還坐了一列師範學院的導師。最是難忘有一堂常識課，是講解「舌頭」，教師居然給每個學生派一包食物，裏邊是酸甜苦辣的各種小食，這一堂課我們奉旨上課吃東西，教師鼓勵我們用舌頭嘗試食物的味道，以分辨味蕾的分布，不同的味道舌頭反應是怎樣的——如此津津有味的學習。怎能不刻骨銘心？

不過，那已經是步入少年了，童年時代在迷失裏戛然而止。最近造訪高小兩年曾是我的班主任的陳佩玲老師，她雖早已退休，卻精神飽滿，談起我們這輩五十年代的學生，她記憶明晰，如數家珍，卻也喚起了我一連串美麗的回想，真的，希望不久，我能再寫一本續篇：《少年的我》。

怎麼寫起「童年的我」來呢？事緣一次敍會，有人請我談談童年生活，我就開啟了記憶的寶匣，打從一九三九年說起。聽者中同年代人竟與我同欷歔，年輕人瞪着眼好奇，或者當我敍述一段悲劇性遭遇時，卻在骨節眼處年輕朋友爆出笑聲。我講了近一小時，回家後像已在平原放縱，馬還要騁馳，舊日的光彩竟無法收束，當提筆為明報寫《短傳集》，就流瀉於稿紙上。謝謝編輯給我機會，寫了五個月，翻翻剪報，點點指頭，才知道竟為此爬過了三萬多個小方格。怕讀者聽倦了，《童年的我》就寫到這裏吧，借用李商隱《錦瑟》一句：「此情可待成追憶，只是當時已惘然。」

何紫與他的同學

何紫（左一）

何紫（右四）

何紫（後排左二）

少年的我

做孩子的凡事覺得既可怕又有一股衝動，就是最刺激的事情了。

荒蕪的校園

故事發生在三十八年前了，卻有如新近添置的錄影機，幾秒鐘內可以閃出畫面，也能按照用家的意思，一按搖控鈕，就能搜到想它重現的畫面！

「唰！」這是時空的遙控鈕，畫面是般含道西邊街口的紅磚屋，這是英皇書院。

英皇書院門口

日本仔離開這小島，舉着白旗走了。聽説英皇書院的一些老師也從集中營放出來了，但因為校園荒蕪，香港重光的第二年仍未復課，過了半年，也只開辦了上午班，我當時就聽聞一些內幕消息，我念書的學校要遷到這兒上課，辦下午班。

先前，我就和幾個同學，趁下午校園內靜寂無人，溜進去看看。到樓下校園的噴水池旁，四個頑皮仔跳跳蹦蹦，和我同桌的莫殿培，向我扮個鬼臉，神秘地説：「喂，這噴水池乾枯了，你看那堆黃沙，上邊有一簇簇酸尾草。沙是浮的，並不結實。聽說前些時有人在馮平山圖書館旁邊的荒地上，挖到一個日本軍人的徽章，後來拿去雪條檔，換得一星期每天吃免費的安樂園雪糕！哈哈，我們也來尋寶吧，說不定，噴水池的浮沙下邊，有什麼寶貝！」

殿培人長得矮，而且瘦瘦的。午飯與他一起，才知道他食量驚人。為什麼老是胖不起來？他媽媽笑他「長計唔長肉」，有一肚子計謀。因此，順理成章成為我們的軍師。今次來英皇書院探險，他就有好主意——挖掘乾枯的噴水池！好哇！有好玩的管他挖到什麼，於是，我們找來了光光的石塊，大家就在浮沙上挖掘，掘呀，掘呀，突然……

英皇書院內的噴水池

大吃一驚

當年在英皇書院荒廢的噴水池裏，我們幾個頑童，在沙上以尖石頭掘呀掘。突然，掘到一點硬硬的東西，「呀！發現寶藏啦！」有人大叫，我急不及待伸手到泥沙內抓，果然觸到硬物，我用勁一抽，把它抽出來，一看，頓時嚇得我們四個人面青口唇白，莫殿培更大叫：「鬼呀！」我急忙扔在沙堆上，定眼看清楚，是個灰白色的骷髏頭。大家驚作一團。還是我膽子大，慢慢再走近，看清楚這「傢伙」，有兩個深眼洞，當中一個破鼻洞，下邊牙骨還在。這種東西我們只有在圖書裏見過，好像是《金銀島》這本書吧，那海盜船上的旗幟，不是有這個東西做標記嗎？

「我看，要向陳主任報告。」我說。

「什麼，她知道我們私進別人的學校，還挖人家的校園，不記兩個大過才怪！千萬不要告訴陳主任呀！」殿培說。

我們四個好朋友中有兩個是膽小鬼，一個是李志剛，一個是何保根，他倆又愛玩又怕事，看他們還在哆嗦呢！後來，我們把這骷髏頭用草紙包着，然後跑到馮平山圖書館後的爛地，掘一個洞，把它埋了。殿培還教我們下跪拜幾拜，我們跟着他唸：「有怪莫怪，細路仔唔識好歹，請鬼大哥早登仙界！」這樣，弄到太陽下山才回家。

回到家裏，我禁不住把這件事告訴媽媽，媽媽聽了，皺皺眉。說：「這是被日本仔殺死的同胞！最近薄扶林道一帶，常有人發現白骨。不過，下次若發現，應該報警呀！你這頑皮仔，以後不要隨處跑了！」

一天五角

當年家住灣仔，上學要到黃泥涌的木球場前坐三號巴士，記得當年仍未開闢薄飛路的行車線，車到香港大學陸佑堂前，就是終站了。

三號巴士的車頭牌上寫着「大學堂」三字。當年，憑學生證到巴士公司用五元買一張乘車月卡，卡上每排有四個孔，一張卡有二十六排。上車時，車上的售票員可忙啦！他用打孔機替學生在卡上打一小孔。早上三號巴士擠滿學生，可憐那售票員在人堆內擠出擁入，一個一個地替學生的月票打孔。

這方法現在聽來，十分費時費勁，但似乎有十年八年，巴士公司也是這樣面對龐大的學生乘客了。

每天早上我一個勁兒上學，拿着當年最流行的藤織書籃，第一件事就到杜老誌道的大牌檔吃早餐。媽媽一天給我五角錢，早上一碗白粥，一條油炸鬼，才用去一角錢。餘下四角，一角儲起來，三角留到午餐用。學校附近的水街，有十來家大牌檔，午餐可以有多種花樣呢，有時一碗艇仔粥加兩角芽菜炒麪，就吃得滿飽，覺得這頓午餐美美的。有時改吃一隻油炸糉，一碗牛肉碎粥，也是不錯，或者有時在學校合作社買個墨西哥包，一條牛奶雪條，是西餐的吃法呢！總之，三角錢可以在吃上面花樣多多，而每天儲蓄一角，留着就很有用了。這情形談起來同學都是這樣子，有幾個同學還帶飯壺，家裏每天只給他兩角錢，但，誰也不會覺得拮据，日子過得挺快活呢！

新的環境

日本仔打了敗仗，撤離香港後，我就在附近的敦梅小學念書，那些童年往事，在我寫的《童年的我》着墨不少呢。

到三年級時，媽媽不知哪來的勁兒，千托萬托，托了很多很多人，終於找來一個機會，可以入讀官立小學。

五十年代，香港的官立小學相當吃香，因為學校設備好，老師都是受過完整的師範訓練，不似大部分私立學校，用普通住宅來改裝為校舍，而老師可能是廣州來的老先生。當年，可以進官立小學念書，是一件天大的喜事。

但這小學離家老遠呀！媽媽帶我去一次，從灣仔去可以乘巴士，也可以坐電車，媽媽選擇了坐電車，差不多一個小時，車向屈地街走，在七號差館前有一個站，媽媽帶我下車，然後還要走一條長長的上坡路，媽媽說：「記着，這條叫水街。」水

香港大學陸佑堂大鐘樓

街也確有水，因為近菜市場，地面濕滑呢。爬坡到達般咸道，我為之眼前一亮，眼前是香港大學！我個子小小，仰頭看見陸佑堂的大鐘樓，我覺得這處又崇高又莊嚴。我的學校呢？呀，以後要天天躲進裏邊的，我是在陸佑堂對面的一間學校，這學校是一幢西式的建築，有大操場，有寬闊的課室；後來，才知道這官立學校還沒有課室，也沒有老師辦公的地方，要向人家借用，這塊借來的地方，叫做「聖保羅堂」。我心裏納悶，但也不好問長問短，總之覺得這地方好莊嚴，一定是個嚴厲的地方，心裏有點怕，同時學校是借來的，心裏有個疑問。但後來覺得還是認認真真地上課，借不借與我何干？

小白兔班

與友人談起，他們亦覺得詫異，一家有名氣的官立小學，竟是借來的校舍。不過，學校辦得好，又何妨是借來呢。

當年，樹木扶疏的般含道，誰不知道有一家「NTC」？它的全稱是「香港羅富國師範學院」。香港重光，師範學院復校。不久，又因政府為它在附近辦一家附屬小學，方便師範學院的學生實習。這樣，就向般含道近薄扶林道口的聖保羅堂借得校舍，只辦下午班。我有幸考進去做插班生。媽媽為了使我順利入學，逼我自動留班。於是離開了母校敦梅小學，又到這新學校來重讀三年級。我帶着一份自卑感，來到這設備完善的學校。我怎能不產生自卑感呢？因為一場戰爭，耽誤了入學年齡，我已經是個超齡小學生。現在又再自動留級，變成「牛高馬大」，與比我矮一截的小同學同坐一室。我被編到小三的最後一班，又被安排在課室的最後一排。最後一排都是牛高馬大的孩子，我仍不算孤獨，一班有六個超齡生呢。

原來小三共有四班，用紅、黃、藍、白四色來分別，我就是「小三白」班，回家告訴媽媽，媽媽側着耳聽，笑微微地問：「什麼，小白兔班？」我說：「不，是小三白。」不過媽媽說是小白兔班，聽來也很有意思，因為以前凡上學有帶手帕、有剪指甲、雙手清潔的，都會在手冊上畫一隻小白兔。我是「小白兔」班，那該是個榮譽。

但後來媽媽知道分紅、黃、藍、白班，又說我排最尾的一班，一定是「水軍」了。不久漸漸知道，其實並非白班就是「包尾大番」。

故事大王

小三白班是我學習生活的轉捩點呢！以前一直是女教師做班主任，轉來了這新學校，頭一次有男教師做班主任，他就是劉述之老師，他年約四十過外，人長得矮，擔任我們的語文課老師。他是個講故事能手，我沒有見過他動怒，也不曾見過他發脾氣。上語文堂有時像上故事堂，劉老師喜歡這樣做一堂的「開場白」：從前有一個故事，發生在課本裏。課本沒有黃金屋，課本沒有顏如玉，課本要常溫，課本要常讀。他又說，我們要學習，先要有動機，想聽有趣故事，也是一個好動機……說着說着，我們會被引入課文，靜心聽他說。

說到老師是個講故事大王，也不算誇張。他要講就講，要收就收，我們的情緒全被他吸引着，語文堂無疑是最安靜的，其他堂會吵一下，尤其是美術堂。

不過回想起來，所謂吵，也只是在座位上交頭接耳，戰後經過漫長的心理震懾，人基本上是被壓抑的，難得有今天的新一代那般「玩到盡」與無憂無慮。

劉述之老師在揉順受驚受嚇的戰後孩子的心理方面，顯然是很有辦法，他用的方法是愛心、鼓勵、善待和感動，悠悠然灌注在他講述的故事裏。現在回想起來，他講故事是極有「陰謀」，是不動聲色地將要說的道理、要樹立的榜樣用故事來做媒體，向精神糧食與物質糧食同樣饑荒下的孩子輕輕傳送。呀，聽劉老師講故事，實在是上佳的享受。他偶然對一個學生說：「罰你不准聽故事。」誰聽了都為之面青，苦着臉哀求。

運動場上

「小三白」果然不是最「拉泥」。「拉泥」這詞現在很少用了，與「拉泥」相同意思的是「水皮」——都是比人家矮一截的意思。

我被分配到小三白班，前邊還有「小三紅」、「小三黃」、「小三藍」班，三年級一共有四班之多。

那年舉辦學校運動會，地點在嘉路連山的南華會球場。比賽之前，班主任劉述之老師教我們唱啦啦隊歌：「一二三，三二一，小三白班實第一！」我當年因為超齡，牛高馬大，自然有機會代表白班在運動場上顯身手，六十公尺短跑啦，三級跳遠啦，還參加了兩個遊戲項目，一個是二人三足，一個是跳麻包袋。

劉述之老師向我們打氣説：「為小三白班拿個獎杯回來呀，那是全班的光榮。這星期你要多練習，保持最佳狀態，比賽前要睡足，不要吃得太飽……」這位班主任講話很有表情，是個講故事大王，我們都愛上他的課。現在他給我打氣，亦七情上面，一再地說：「小三白班絕不拉泥！」

秋天天氣清爽，那天媽媽特別請了半天假，要送我到南華會去，之前還給我挑選了一對馮強白膠鞋。本來我有一對舊的，雙腳早已長了，但為了替媽媽省錢，一直穿「谷腳鞋」，不敢叫媽媽買，現在她說要給我買新的，我高興得淚水也流了出來。那是戰後不久的年代，物質十分珍貴呀。

我從來沒有參加過運動會，那熱鬧的場面真叫人興奮，最使我大吃一驚的是起步時竟然用槍，這種起步槍我從沒有見過，聽了「砰」一聲槍響，我竟然呆住了，因此就落後了。

初次得獎

運動場上我輸了六十公尺短跑；南華會的沙池不好跳，因此三級跳也落敗了，我真愧對劉述之老師，還有媽媽也在觀眾席上呢！她後來跑到運動場上，給我抹汗，給我送茶。鼓勵其實不用多說話，當我失敗時，不奚落我，還送來關懷就夠了。在媽媽前面我幾乎落淚。她一直沒有說什麼，只是說：「抹汗呀，看你，連汗也不會抹。喝茶吧，流這麼多汗，不喝茶怎行！」

還有兩個遊戲比賽項目，二人三足賽，我和李雄一組，他比我還高呢。聽說他放學後到屈臣氏去托汽水，夠力氣，用現在的話來說，就是一副「蘭保」的體魄。我的右腳拼着他的左腳，用手帕紮得牢牢的，我們在草地場上行了一下，兩個人有了默契。等到比賽令下，我和他都屏息着呼吸，只見起步點前評判舉起的旗一揮，哨子一響——還好，遊戲項目沒有用起步槍——我和李雄合作得很好，兩個人，三條腿，齊齊數着一二、一二、一二……哎，我們領先啦！最後，贏得冠軍，比後來的先前達三、四步呢！

頓時見觀眾席上，我們班的同學都站起來，劉述之老師起勁地做指揮，齊聲高喊：「一二三，三二一，小三白班實第一！」這樣，我算是雪了恥辱，我和李雄高興得扭成一團。跟着跳麻包袋比賽，我竟又贏得冠軍。

最後，運動會結束前的頒獎禮，我第一次聽見擴音器讀出我的名字，真的，從前別說擴音器，就是班上的什麼表揚，也從來沒有我的份兒，今次幾乎是光宗耀祖了！

兩架戰車

日子是過得寧靜的，但戰後的世界沸沸揚揚，中國內戰風潮洶湧，說我們都有一張平靜的書桌，倒不會是事實。孩子腦子裏對世事的判斷只有兩個字——忠、奸，中國是忠的，害中國的人是奸的。那麼，誰是救中國的人，誰是害中國的人，就在孩子中爭辯開了。

我們班有六個超齡學生，我和何保根是其中兩個，都坐在最後一排，何保根住在灣仔謝菲道，我住在駱克道，放學不免走在一起。成為「同路人」，但談到一些中國的政治人物，我們可並不是同路人呢，我認為是人民大救星的，他認為是殺人狂魔，他認為是救國大英雄，我卻認為是禍國殃民的奸賊。

有一次，我們又在路上爭辯起來了，後來，到達屈地街電車總站，剛巧停着兩架電車，他上了第一架，我因為忿恨他蠻不講理，就跳上後一架電車去。我們都坐到上層，我坐車頭，他偏坐到車尾，這樣一來，我們雖然分別坐不同的電車，卻仍可相隔而罵，有如章回小說描寫的，兩軍對壘，先來一場「隔江罵戰」。電車開行了，兩車有時隔開，有時又接近，每次接近，我們就罵聲暴起。當年香港人口少，電車乘客疏落，我們竟可以不斷上演「隔江罵戰」的孩子式鬧劇。

後來，他還拿了練習簿的紙，捲成「碼子」，用橡筋圈把碼子向我射來，我連忙又急製「碼子」向他迎戰，於是兩架電車成了我們的戰車，就這樣他喊一聲：「××× 正大漢奸！」我喊一句：「××× 賣國賊！」碼子就射過來、彈過去了。

兩隊交鋒

電車成為我與何保根的戰車，這消息不脛而走。不久，一羣住東區的同學，放學都跟着我們，莫殿培、李志剛、麥潤林這幾個「灣仔客」，加上我與何保根，操到屈地街電車總站，我們分成「擁矇團」和「擁根隊」，我因為眼睛生得小，有一個渾名叫做「矇眼豆豉」，後來，叫起來都簡稱做「阿矇」，給我留字條的，怕寫那複雜的「矇」字，就寫：「Ah Mown」，而「M」已經成為我的代號。擁護我的，就叫「擁矇團」。我們有三個人，殿培、潤林和我，連忙登上了第一架電車；擁護何保根的，就叫「擁根隊」，他們其實不成為「隊」，成員只有李志剛和阿根，但志剛是個謀略家，年紀小小已經有諸葛亮風度，兩個人登上了後一架「戰車」。到達電車上層，我們隔車一望，不禁讚李志剛又有好計，他早有預備，做了兩個紙面具，畫成黑無常、白無常的樣子，是兩隻長舌鬼呢！我們只能以真面目相迎，幸好

yung

殿培利用午間，加緊生產碼子，捲了滿滿一盒小紙捲，把它當中屈曲起來，就是「子彈」了。車上還有三五個其他乘客，他們都避開我們這幾個頑童，坐到車的另一邊去。呀，子彈飛來射去，我們小叫大笑，連售票員也莫奈何。由於子彈射得密，車到大鐘樓已經彈盡糧絕了。

大鐘樓是在現今置地廣場大廈的位置，當年這裏有一座告羅士打行，頂樓就是一圈羅馬數字的鐘樓。過了大鐘樓，經木球場，入海軍船塢——我們叫「鎅吔」，就到灣仔了。

危險宣言

在電車上我們五個癲得太過分了，但我們哪兒曉得什麼叫過分。

有一次，我們登上電車，看見潘主任端坐電車下層，我們才懂得害怕，我們齊叫一聲：「潘主任。」殿培又恭敬地向他鞠躬，我飛步登上電車上層連忙拿出白手帕，向後邊一架電車「搖白旗」。何保根還不知大禍臨頭，發出震耳笑聲，說：「投降啦，快快下跪，遞交降書！」後來我們三個連忙下車，再乘上後一架電車，我面青唇白，李志剛也感到問題嚴重，後來電車到了花園道，五個孩子下車去，殿培帶頭向兵頭花園進發。

當年我們都不會叫什麼「植物公園」，大家都叫這香港唯一的公園做「兵頭花園」，到了石獅子的牌坊前，大家坐在石階上，殿培最先發表他的「危險宣言」，他說：「教導主任潘 SIR 突然出現電車裏，神色沉重，看來他是微服出巡，一定接到線報，知道我們利用電車開戰，想來看看實情！因為我知道他是住在堅道的，根本不用到屈地街坐電車。」

殿培矮仔多計，他其實也是超齡生，但矮個子就不覺其超齡。他常常帶書回學校看，什麼《七俠五義》、《薛仁貴征東》、《封神榜》等等，是個書癡、書迷，現在他儼然是我們這頑童縱隊的小領袖。經他分析，大家都不禁坐立不安，怕明天回校，潘主任會站在學校門前，把我們一個一個抓起來。

聽天由命

兵頭花園是我們的大本營。一羣每天乘車返家的住東區的同學，都混熟了，有時會在花園道口下車，操到兵頭花園去，舉行大會，「嘩啦嘩啦」牙骹一頓，然後才踱步經金鐘回家。現在，我們在這裏舉行緊急大會，為可能潘主任明天會大開殺戒而急謀對策。

「潘SIR以陰濕出名，今次他一定查出我們利用電車大戰的事，親到現場察看，又剛巧我們都在車上，今次我們跳到維多利亞海峽都洗不清了！明天死梗啦！」潤林説着説着，不禁有淚水奪眶而出。

當年官立學校執行紀律十分嚴格，記三個大過，就要被開除學籍，趕出校門，先前已經有些絕頂頑皮的高班同學被驅逐了。

「不要自己嚇自己呀，可能潘主任剛巧要落灣仔，我見他面有笑容，並沒有兇巴巴的樣子。」我不知為何，比較鎮定，還出言安慰。

會議沒有結果，大家都說：「聽天由命啦！」就散會了。

我與何保根從金鐘站踱步到駱克道，保根有點悔意，說：「今次說來，我倆是罪魁禍首，如果我們不是為了爭誰是殺人王，誰是賣國賊，我們就不會在電車上廝殺，更不會連累他們了。如果明天潘主任要罰我們，我打算一個人擔起責任，一人做事一人當。」

何保根這番話，我如雷灌耳，覺得這樣的朋友真值得深交！我亦隨之拍拍胸膛，說：「哪裏是你一人做事？我也是禍首，應該二人做事二人當！明天，我們向潘主任自首吧。」何保根睜大眼睛，說：「什麼？自首？」

像小綿羊

第二天中午下了一場大雨，英皇書院四周都沒有多少家房子有瓦遮頭，我們這羣習慣早上上學的孩子，到達後只能在校門梯級處坐着，等候上午班放學。奇怪，殿培、保根、潤林、志剛都到了，比我還早，大家見面，都說一夜沒有好睡，等着今天回來「判刑」。

到了十二點四十五分，可以進校門了，潘主任突然出現。我們都為之面青。何保根硬着頭皮走去前面，來到潘主任跟前，低垂下頭。我們在後邊隔一段距離看着，我算是「臨陣退縮」了，猶豫着不敢上前與他們一起，昨天我還說什麼「自首」呢，唉。

「保根，你沒有戴校徽嗎？」潘主任皺皺眉說。保根搖搖頭。

「那麼你沒有穿校服嗎？也不是呀！好了，你合標準，可以進學校了。」

何保根很詫異地抬起頭，說：「潘……潘主任，你今天查校徽、查校服，再沒有什麼要查呀？」

潘主任失笑了，和藹地說：「我還該查什麼呢？有人掉了貴重東西，要我查書籃呀？」

保根搔搔頭，傻裏傻氣地吐出長長舌頭，就穿過校門了。我們你看着我，我看着你，都傻笑了。志剛昂起胸，突出他的校章，經過潘主任面前，潘主任點點頭，他又過關啦！我們都鬆一口氣。最好笑是莫殿培，他個子矮小，遇見老師從來是以最好的禮貌回應，他向潘主任深深躬個鞠，口爽爽地叫：「潘先生午安。」然後又小綿羊似的進校門。

莫逆之交

生活從來是有甜有苦的，經過戰爭洗禮的孩子，苦頭吃得多了，以後一點點喜悅都是甜到「膩喉」了。就如今次一場虛驚，潘主任並非要抓我們，只是例行公事，要查學生是否有戴校徽和穿齊整校服，我們就如獲特赦，高興得不得了。

放學後，我們決定要慶祝一番，就到馮平山圖書館後邊一塊小樹林裏聚集。

「中國萬歲！」

「日本仔賣鹹蛋！」

「和平萬歲！」

「東條英機食臭蛋！」

這就是當年孩子高興時亂叫一通的「口號」，可以説是十分「無厘頭」的，但日本投降不久，中國人的冤屈氣還未消散，無論大人細路，都會無厘頭罵日本仔一

知識講堂 蠶蟲師爺：蠶蟲的特性是織繭，以此指那些亂出主意，最終害了自己的人。

餐。我們高呼狂叫，其實只是因為倖免於難，以為一定給記大過，甚至可能開除學籍，後來才知道虛驚一場！

我在那小樹林裏，把保根的英雄行為向大家宣布：「保根打算一人承受全部罪狀，昨天他已經對我說一人做事一人當，他真義氣，他是義勇軍大英雄，天字第一號好漢！」

我這麼一說，全體熱烈鼓掌，我卻漏了沒說我曾建議「自首」，差點兒做了蠶蟲師爺，自綑自綁，

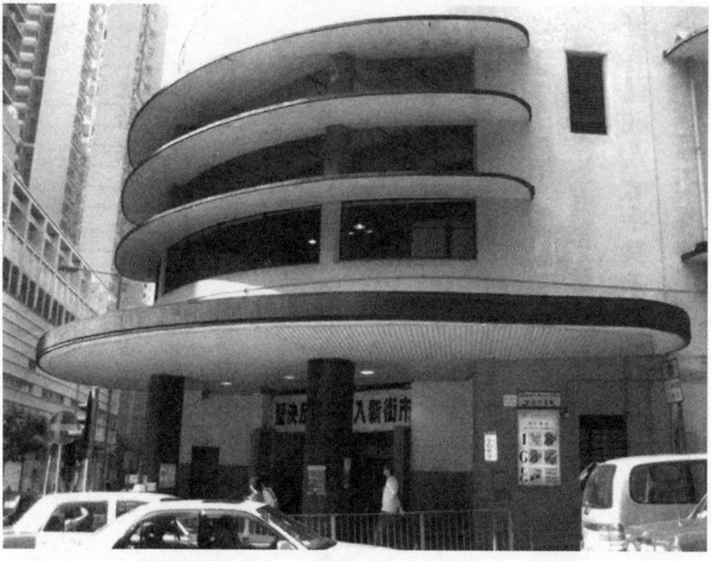

二十世紀九十年代的灣仔街市

而臨事又怕得要死，只縮立一旁。幸好保根沒有揭我的瘡疤，默不作聲。

自此以後，我們固然不敢在電車上大戰，連坐電車也少了。改乘三號巴士，從大學堂出發，向東區走，卻要在灣仔街市下車，走一段冤枉路呢。何保根與我亦成為莫逆之交，天天一起放學。

做笑死鬼

小學三年級似乎過得很快，記得那一年的七月下旬，十幾個班級聚集在禮堂舉行散學禮。潘主任主持散學禮儀式，然後由音樂教師指揮，高唱散學歌，我們這羣小豆丁已經捺不住了，一邊唱歌，一邊做手勢在學校門口的木蘭樹下等待，然後一起去馮平山圖書館後的草地玩打野戰。但唱歌以後，卻聽見一位老師通過播音器説：「各位同學，祝大家暑假快樂！並且，下學期升級回來，請各位不要進錯校門呀，下學期，我們的校門是西邊街口的英皇書院，現在，散會啦！」

同學們聽見，都哄動了，怎麼會是英皇書院呢？人潮流出禮堂，我們幾個「乘電車」派卻不約而同往課室走去。

「這次轉校更好啦，英皇書院我們曾經偷偷進去遊玩過呀！還記得掘出骷髏頭的事麼？」莫殿培説。我當然記得，那乾枯了的噴水池泥下，發現灰白色的頭顱骨，後來我們把它用紙包起來，埋到馮平山圖書館後，我想起來，就說：「不會猛鬼吧？」

麥潤林扮了個鬼臉，我們都哈哈大笑，志剛說：「如果鬼像你，那一定是笑死鬼！」

我們的學校兩年前初辦時，向聖保羅堂借用校址。如今聖保羅書院復校迅速，課室已經不敷應用，那當然要我們退還課室了，就這樣，又向鄰近的英皇書院借課室，英皇的校長答應，可以把下午班全讓給我們。這可轟動一時啦！

紅磚校舍

當知道學校要遷到英皇書院，這一個暑假，我們這羣小豆丁就常常偷偷到西邊街口去，張望這新校舍。

英皇書院是紅牆古雅的建築，我們還打聽到，這學校有幾十年歷史啦，一八七九年創辦，成為最早的官立學校之一，最初名叫西營盤書院，到一九二六年，就在般含道和西邊街交界處建成古雅的紅磚校舍，一九二七年一月開班，第一任校長是莫理士（Mr. Alfred Morris）。

十五年過去了，到一九四二年，日本大軍壓境，侵佔了香港，聽說有些老師還被抓到日本的集中營呢。英皇書院因戰火蔓延而停辦了。好事多磨，因這西邊街近西環的均益倉庫，可能存有大量日本的軍用物資，因此，這一帶常常被盟軍飛機轟炸，英皇書院幾次中彈，校舍部分建築亦被炸毀了。

KING'S COLLEGE
Yung

到一九四五年日本投降，不少官立學校復課了，但英皇書院因為校舍破落，一直復校不成，到一九五〇年，才告建竣。

復校之初，班級不多，只維持上午班上課。因此，當我們這所羅富國附屬小學正為校舍而擔心時，英皇書院的負責人，就爽快地答應，借出所有課室給我們的校長辦下午班。這樣，我就有機會在這偌大的校舍，度過三年愉快的時光。

暑假裏我們幾個「灣仔客」喜歡徒步從金鐘站去花園道，再行羅便臣道下般含道，這樣高高低低地「翻山越嶺」，極有滋味，到達般含道六十三號A，我們就興奮了。

學說國事

升上小四，似乎覺得世界也變大了。

何保根參加了海童軍，他常常給我們講航海的生活，我才知道有大嶼山，有長洲和南丫島。以前，走到海邊，就知道海的對岸有九龍，九龍的盡頭有獅子山，獅子山那邊走遠一點，就可以到廣州找我的祖母，世界只有這麼大。當然，還有一塊老遠老遠的地方，有個國家叫日本，他們曾派了兇惡的士兵來殺我們中國人，漸漸又知道在遠遠的地方，中國有一個姓毛的和一個姓蔣的在打仗，是中國人打中國人。我從小就相信姓毛的是人民大救星，一個忠一個奸。

但當我跟何保根說的時候，他就磨拳擦掌要打我，說什麼：「毛賊公共妻共產，你竟幫他？」每次一說就吵架，還「起而口角，繼而動武」。後來我們做了好朋友，以後大家就不提這些我們根本不懂的事了。

不過，後來國內局勢日漸明朗，我也沾沾自喜，覺得自己是最後勝利者，奇怪何保根更恨他口中的「毛賊公」，我與他的友誼亦不免時好時壞。

不過，終於連老師也講講中國局勢了。小四時，我們的班主任是陳佩玲老師，她教我們語文科，講課時常旁徵博引是她的教學特點，例如教《孫中山的少年時候》，她就會講到中國百年積弱，成為東亞病夫，都是因為政治腐敗，孫中山之前和之後，中國都沒有出過一個真真正正為老百姓的好領袖，空有民主的呼號，其實官場裏眼中的百姓，都是你是「民」來我是「主」。

出盡八寶

我們的小學既然是師範學院的附屬小學，自然必須供師範學院的學生做實驗，我們這些「實驗品」，可用之處有二，一是去讓師範生實習上課，二是師範生來觀摩我們上課的情形，看看現職教師處理課堂的辦法。我們倒十分願意做他們的實驗品呢！

每周大約有一天是這樣子的——全班列隊離開課室，走出校門，沿般含道往東走，過了東邊街口，就到達校園葱蘢的羅富國師範學院。到了校裏的課室，課室內已經有兩三位神情肅穆的人坐在後排，我們自然亦異乎尋常地寧靜，乖乖的都像馴善的小綿羊。

不久，老師出現了，這些學做老師的師範生，年紀輕輕，卻都一臉陽光，進來但覺一室皆春。

「同學們，你們好！」說得親切、和藹。隨即由班長呼叫：「起立，敬禮，坐下。」我們跟着呼叫整齊劃一地向準教師敬禮。這樣，一堂課開始了。

這些實習教師，事前都有嚴格的備課，並且，很重視上堂效果，學生學習情緒好不好，成為坐在後面的導師計分的標準。因此，這些實習堂常常是生動活潑。因為直觀教育的需要，他們都會帶備不少課堂教具，有的甚至是自製的，有了這些新穎有趣的教具，我們自然學習得更是精神投入，興趣盎然。現在回想起來，很多實習課到今天仍無法忘懷！學生接受教育，教師是起決定性的作用，如果每位教師都能「用盡八寶」，想盡辦法把知識傳授，學生哪能學不好呢？

上實習課

一個高個子師範生走進課室來，樣子雖然高，但似乎稚氣未除，進來先把頭向前探一探，突然伸出了舌頭，我們全班同學都忍俊不禁，連坐在後面的導師也笑了。他手上還拿着一個書籃呢！五十年代學生流行拿書籃，他這樣子，更像個學生了。

但當他站在講壇，我們才恍然大悟，原來這一切都是「早有預謀」——打開了書籃，拿出一幅掛圖，掛起來一看，是一條大大的舌頭，這有趣的實習老師這時候才自我介紹：「各位同學，我姓馬，是你們這一堂的常識課老師，今天，我要講什麼常識呢？打開你們的課本吧，第十二課：味覺的認識。對了，這一課的主角是誰？是舌頭！剛才，我一進門，就讓主角和大家作個見面禮啦！我一進來，向大家吐吐舌頭，你們可不要誤會老師和你們開玩笑，扮鬼臉，不！我是想大家先見見今日上課時我大談特談的主人翁——舌頭！」

這時候，全班氣氛活躍，大家才醒悟剛才他伸出舌頭是怎麼一回事，我回頭看，坐在後邊的導師，他們也露出了滿意的微笑。

這馬先生確有辦法，說了一頓，就要求我們靜默十分鐘，把課文默默看兩遍，然後，他把書內的難字深詞盡寫在黑板上，教我們先認識那些新字新詞。這位老師帶領我們認識課文，了解課文，這一點別的老師都不太重視，常常講了一堆話，也不說說課文，他們大概以為常識課嘛，不是語文課，教不教課文不重要。

馬先生這一堂實習課，可真是有板有眼，節奏分明。他用自己的一條舌頭做課文而引起動機，然後指導我們閱讀課文。第三個步驟，又有新的花樣，他打開帶來的書籃，然後像兜售什麼東西，捧着籃子經過每個同學的座位前。一邊走一邊說：「每人拿一包，先放在桌面，不要把它打開呀，你們今天要學的知識，都包在裏面了。」

同學們都不知道他的葫蘆賣什麼藥，一個一個都從籃子裏拾起一包神秘的東西，然後放在桌上。

派過了神秘東西後，馬老師就叫我們把紙包打開，哈哈，裏邊有各種可以吃的小食物呢！馬老師說：「我們的舌頭上，分布有味蕾，我們靠着這些味蕾上的神經細胞，嘗到了食物的味道，然後傳到大腦去。但是，食物中有各種味道呀，有甜、酸、苦、鹹等等，舌頭上的味蕾有很好的分工，因此，舌頭上不同的部位，就能特別嘗到那一種味道。好了，我們先拿起食物包裹的糖果，大家來試一試，放在舌頭的底部、舌尖、舌根、舌的兩邊，看看那一個部分特別感到甜的味覺呢？」

課室氣氛非常活躍，大家都依照馬先生的指示，一一嘗試不同的味道，因而親身體驗到，味覺是這樣的奇妙，舌頭的構造是那樣子精細，做一個人可真不簡單……馬先生安排這一堂常識課，可真是我一輩子沒有再遇到有趣的課堂生活了！而他講授的知識，也深深地印在我的心裏。

周末派對

事情的奇妙在逢周六我們有一個可以遊離浪蕩的下午。那時候沒有長短周之分，逢星期六上三堂，十一點放學，我和莫殿培、何保根、李志剛、麥潤林五位灣仔客可就熱鬧了。

首先由殿培做隊長，每人把身上的錢全部充公，交給隊長管理，我通常可以貢獻一元，潤林家境最困難，大概有五角錢，其餘的人可以拿出兩元。這些錢首先用來開大食會，買兩磅方包，灣仔的紅棉麵包每磅兩角半，我早上買了帶回學校。然後五個人到水街的大牌檔去，霸佔一張大枱，三角錢有一大碗墨魚絲和魚蛋，再一碟一角錢的芽菜炒粉，再每碗五仙的米王——白粥又叫米王——叫了兩碗，哈哈，你可以想像那情景有多麼熱鬧，麵包夾墨魚絲或魚蛋，還有白粥和炒粉，在那物質缺乏的五十年代，這一頓孩子式的午餐，是十分豐富了。

午餐後，還可以每人一條安樂園出品的紅豆雪條，我們一邊吃，一邊就向羅使臣道進發，這些彎彎曲曲的斜坡和小路，還有婆娑樹木，五個孩子樂也融融。

我們是故意找彎路的，有時從西摩道走，有時又走衞城道轉回堅道去，總之，半山的小路都給我們磨光磨滑了，到下午三點鐘左右，就到達兵頭花園——現在叫它做動植物公園。這是我們的總部，在兵頭花園裏，我們圍坐地上，談談一周的學校生活，不免對老師評頭品足，但談到實習課，大家還是津津有味呢！

小的生命

周末的奇遇常常在下午三點後。

現在動植物公園除了有各種奇花異草之外，還有各種鳥獸欣賞，但五十年代的兵頭花園，仍未有這些設施，噴水池四周有幾株高高的桄榔樹，遠眺可見港督府的一幢高房子，其他就是長了青草的山坡。牌坊兩側的石獅子，也成為遊客留影的地方。但我們這羣野孩子，卻另有去處。

你知不知道一條馬路把公園分做東西兩部分呀。最西邊的，我們稱它做「小兵頭」，小兵頭的那一邊，有一條寬寬的水道，有欄杆圍着，我們常常等到黃昏，園丁大概去了喝下午茶，這時五個孩子偷偷爬過欄杆，鑽進水道去。水前是崎嶇山岩的明渠，山水潺潺流過，接着就鑽入地下水道去，成為陰溝。因為山水清涼，我們赤腳踏在清水上，就有説不出的涼快。偶然，我們會遇見小老鼠，在水中游泳呢！

我還常常看見水蟑螂、水較剪等一類水上昆蟲，大自然的魅力就在這裏，那些可愛的小昆蟲棲息在草木之上，我們置身其間，就彷彿自己也成為草木上的小生命，與水蟑螂、小老鼠們成了大自然的兄弟，那就是真真正正的奇遇。

從地下水道往裏走，這裏的水來自太平山，沒有污染，流入陰溝內，與草木一同散發清芬，在這些地下水道裏徜徉，真有說不出的暢快，這是我們每個周末最享受的時刻。那時候沒有電視機，沒有電子遊戲機，市政局的康樂設施幾乎等於零，我們仍然找到我們快樂的假期！

秘密通道

兵頭花園所以有「兵頭」的美譽，是因為第一次世界大戰的華人兵大哥為戰爭捐軀，這兒建立了紀念他們的牌坊，所以俗稱兵頭花園。

五十年代花園道一帶，一間民用平房也沒有，它是金鐘兵營的延續，此外就有女青年會宿舍，兵頭花園就完全是一派郊野的氣氛。

每年三月，杜鵑花盛開，也真是萬紫千紅，這時候，每到周末，我們五個野孩子就歡騰雀躍，蹦蹦跳跳的來到這兵頭花園玩一個下午，賞花、跑地下水道、聚在一起談天説地。

我們圍着噴水池，麥潤林結結巴巴地説：「五點鐘花王休息，我們到噴水池玩水吧。」

「欺山莫欺水，這噴水池水深過頭呢！」何保根參加了海童軍，所以對水最小心，他一躍攀上噴水池的石圍上，看看水深，就警告我們。李志剛說：「我爸爸說，這噴水池不但水深，而且，水底下有機關，當抽乾了水，就會看見一道暗門，從暗門可以通到兩個地方去！」

「真的？」我半信半疑。殿培卻附和：「我也曾聽過有這種說法，建造這秘密通道的不是英國人，而是日本人。日本仔佔領了香港，住進了港督府，第一件事就要安全，他們怕中國遊擊隊，又怕重慶派來的天字第一號特派員，所以建造了一條秘密通道，萬一遇到圍困，就可以從通道走到這個兵頭花園來避難啦！」

殿培說得像真的一樣，李志剛見他搶了說這秘密的機會，似有點不高興呢！我們引發了好奇心，更想到噴水池裏看看。

花王刺皮球

李志剛終於想到一個題目可以滿足他的發表慾，他神祕地說：「兵頭花園的噴水池，還有第二條秘密通道，就是……就是通到滙豐銀行的獅子銅像下！這條秘密通道，可不是日本仔建造的，而是第一任滙豐銀行的大班建造的！」

但我們卻不大相信，何保根反駁他：「不會吧，如果賊公知道，就可以利用這條通道潛進銀行裏去了。」志剛卻說：「滙豐銀行的獅子銅像在門外的，怎可以潛進銀行裏邊呢！這條通道，完全是為了預防萬一，如果銀行大班遇到危險，可以有一條生路出去呀！」這樣爭持下去，有時會變成大戰。

這種「大話西遊」式的談話，出自小孩子的口，卻叫大家都感到滿足——滿足了幻想，滿足了好奇，滿足了吹牛皮，也滿足了吵嘴的興趣，那時代沒有電視機，但在我們的腦海裏好像已經有一個小屏幕，可以透過幻想看見稀奇古怪的東西。兵頭花園的噴水池、兵頭牌坊、牌坊下的一對獅子、樹林中的花花草草……都是我們思想馳騁的地方。

除此之外，我們又會和「花王」捉迷藏，花王就是公園內的園丁，我們都習慣叫他們做花王，他們穿上筆挺的制服，手持一根木棒，木棒前端有一根尖釘，本來是方便園丁刺地上的垃圾紙團的。但是，我們卻看見他們常常用來刺皮球。我們如果在公園內玩皮球，園丁就會突然殺出，不聲不響，就用木棒前端的針刺，把孩子的皮球刺破，氣得我們呱呱叫。

花王發惡

從來不知道種花人的辛苦，今次卻知道了。

何保根那天拿了一個皮球到兵頭花園去，我們測準五點鐘後「花王」都休息了，就放膽在草地上踢波。我們踢的方法是下坡踢到上坡，大腳一踢，皮球從山坡下邊的草坪，踢到上坡去，再由上坡的一組人，把球踢回下坡來，這種追逐爭踢，十分刺激。

卻不料在踢得最起勁的時候，花王突然出現，他舉起那末端有尖釘的棒，向皮球猛然一刺——嘶，球洩氣了，花王惡狠狠地看着我們，何保根因為皮球是他帶來的，被刺穿了，就心中不平，竟衝過去，抓着花王的手臂，說：「賠呀！刺破我的皮球，快賠呀！」

這「花王」可更兇呢，他反手抓着保根的手，也大叫：「賠呀！快賠呀！」我們就問他：「賠什麼？是你刺穿我們的皮球，還要我們賠皮球給你？」

花王放了手，說：「好，如果你們敢跟我來看看，保叫你們大吃一驚！」

我們跟着他，來到一間小石屋前，他進石屋去，拿出一個布袋，翻動袋子，裏邊是乾了的花和枯枝。我們睜着眼大惑不解。花王說：「這就是你們損壞的植物，你們在花園上跑，在草地上闖，我拾到這些被毀壞的矮樹和花，就心痛了。你們快賠呀！」我們不禁紅着臉，一句話也說不出。

修補地球

我們因為一次亂踏草地，激怒了園丁，卻不料反而和園丁做了朋友。這位兵頭花園的管理員，我們都叫他做「花王」，後來，知道他姓張，又曾三次刺穿我們的皮球，我們背後叫他「老虎張」。

那一回「老虎張」把一袋枯萎的樹枝和花葉向我們展現，他說：「我拾到這些被毀壞的樹枝和花葉，就心痛了！你們快賠呀！」說得頭筋也顯露了，這時候，我們才真正了解到他對植物的愛護之情。何保根在大夥兒沉默的時候，先說話了：「對不起，我們是無心的，我願意賠，但我沒有錢，可以用做工來賠嗎？譬如，我可以幫你澆花、除草，而且，我答應以後不叫你做老虎張。」

大家聽見都不禁笑了，連花王也笑起來。

「哈，你們這羣『塞豆窿』，真是不知天高地厚！好啦，下星期六放學後，來這裏做——苦——工！」

他說到「做苦工」，一字一頓，大家又搔搔頭了。

又到星期六，這天放學後，我們在水街的大牌檔叫了比平日多一倍的東西，還要了豬紅、腸粉。殿培說：「吃飽些，準備下午去做苦工，可能要搬泥頭、鋤地，或者做牛耕田。」我把舌頭伸得長長的，但心裏實在暗暗高興，因為我少年的夢想，就是要做個修補地球的農夫。

下午一點半準時到達兵頭花園花王的石屋前，張伯——我們改叫張伯，而不叫老虎張了！看見我們，有點意外，說：「怎麼『嚟真㗎』？」我們齊聲說：「真的！」

知識講堂

牛記笠記：「牛記」是指牛仔褲，「笠記」是指T恤類的上衣，「笠」是形容穿T恤時把頭穿過衣服的動作，俗語「過頭笠」。

園藝園藝

這一回，張伯竟帶我們去那草坪裏，我又伸長舌頭，說：「亂踏草地，聽殃啦！」張伯笑說：「現在你不是頑童身分，是園丁身分，要是不踏草地，怎樣去做園藝？」我們都不禁搔搔頭。因為第一次聽見這樣文雅的詞彙──園藝，麥潤林更大膽地問：「張伯，你說我們做什麼藝？圓藝扁藝我們都未聽過呀！」

張伯搖搖頭：「細路即係細路，連園藝都不知為何物。你們別以為西裝友才可以做藝術家，我們短打裝束，甚至牛記笠記，一樣可以做藝術家，我們是花園的藝術家呀，花有花期，每年準時準候來到人間，迎接花枝光臨，使它們到來時花枝招展，使人們欣賞讚歎，就是我們花王的藝術工作了，明白嗎？」

我們已經圍坐在草坪上，聽張伯先講園藝第一課。記得那時已屆仲夏，杜鵑花盛開。張伯叫我們起立，帶我們到杜鵑花叢裏，他眼明手快，翻開其中一片綠葉的

Yung.

背後，就捺住一隻像蒼蠅的害蟲，他說：「看見啦，除了頑童害花草之外，還有害蟲。頑童要教，害蟲卻要殺！」我們又齊齊伸長舌頭了，因為他是咬牙切齒地說那「殺」字的，聽來亦覺心寒，幸好張伯又放軟了聲，說：「杜鵑花的害蟲叫厥蟲，喜歡藏匿在葉背，咬蝕葉片之後，一兩天葉便焦萎，害蟲一隻，全株枯萎，幸好我們有『菸精除蟲劑』，來吧，細路，我們去拿殺蟲水，噴在葉上，小心別噴到自己面上呀！」

知識講堂 黛玉葬花：這是中國文學名著《紅樓夢》其中的一個經典片段，女主角林黛玉憐惜花兒，覺得花落之後埋在土裏最乾淨，寄寓着她的一種獨特情感。

花王張伯

張伯花卉知識豐富，我們聽他娓娓道來，對他佩服得五體投地。說杜鵑花吧，就從害蟲說起，說着說着，還有故事聽呢。

「杜鵑本是鳥的名字呀，牠愛唱歌，而且唱之不停，一直唱到喉嚨流血！杜鵑啼血，血滴泥土上，就化為嫣紅的杜鵑花了。這當然是講故事啦！你們看，現在兵頭花園漫山遍野是杜鵑花，紅色是其中一色，有紫杜鵑、黃杜鵑、白杜鵑……我所知杜鵑花還有五、六個名字，山躑躅、紅躑躅、山石榴、謝豹花、映山紅統統是指杜鵑花。清明過後，杜鵑花就開始落了，這時候，你們要來做苦工啦！」

我聽了自作聰明，說：「哦，我們要挖個泥洞，埋葬落下的杜鵑花，是不是？」

張伯聽了大笑不止，說：「嗶，你又不是林黛玉，哪裏學來『黛玉葬花』這一招？喏喏，告訴你們，要想明年花開得更燦爛，就要在花落之後，把死在枝上的花蒂去掉，讓葉長成老葉，再施肥，那麼明年花事一定繁榮，而且一年勝一年。要摘去花蒂，你們試想要做多少工夫？」

後來一連幾個星期六，我們都去幫助張伯。除蟲啦、施肥啦，還有摘花蒂啦，真夠嗆！我們也樂在其中，先是奉命除草、除蟲，然後扭去花的蒂。

賣鹹鴨蛋

張伯這位出色的花王，事隔三十多年了，但閉起眼睛我還能想起他的容貌。想不到真是「不打不相識」，自從他刺破保根的皮球，我們就開始了解他了。以後，我們這隊星期日園藝小隊，與張伯做過幾次除蟲除草的工作，就散隊了，但是，我因為星期日在家無聊，仍然經灣仔步行到花園道，到植物公園去找張伯。

「怎麼不跟老竇去飲茶，禮拜日不與家人享天倫之樂嗎？」張伯微笑對我說。

「我老竇？早就去金山賣鹹鴨蛋了！」我說。

戰後不少人成了孤兒，我就是半個孤兒，爸爸在香港淪陷初期就因為打一支防疫針而一命嗚呼了。我聽不少孤兒提起死去的父、母親，都是這樣自嘲——到金山賣鹹鴨蛋了。我也跟着學，不知為什麼，誰聽了都明白這話的意思，但我對張伯說，他卻定睛看我，然後說：「你阿媽呢？」我用腳一踢，說：「去一腳踢啦！」張伯說：

「什麼？踢足球？」我笑笑。

其實張伯是明白的，因為我沒有再解釋，他反而安慰我：「你媽媽真偉大，替人做工，一腳踢通通包攬，好辛苦呀，你要做個孝順仔才好。」我聽了，反問他：「你呢？你有沒有做孝順老竇？」我以為這會逗他發笑。不料他竟面色一沉，顯得哀傷的樣子。我奇怪地問：「什麼？你的仔都忤逆，使你生氣嗎？」張伯搖搖頭，說：「唉，我是死剩種！你住灣仔，你一定知道有一年灣仔大轟炸！」

使我擔心

張伯講到他家的境況，面色蒼白。他慘笑：「不要説了，現在我不是有兒有女有老婆嗎？大樹是我的老婆，花是我的女兒，草是我的兒子。」我也不敢再問了，總之，一場世界大戰，死了多少人？都説：「到金山賣鹹鴨蛋了！」就一笑泯去過往的仇仇怨怨。但我當時的感覺，就是我沒有爸爸，而他沒有兒女，這該是不錯的相遇。因此，以後殿培、保根、志剛他們沒有再去跟他學園藝，我還是傻里傻氣的去，跟他灑水、除草、除蟲。直到有一天……

那天張伯帶我到他的家，還記得是堅道的一個單身公務員宿舍，紅磚砌的屋子，一個小房間，但裏邊的擺設也真有趣，用鐵絲吊了各種大小酒瓶和牛奶瓶，使牆上成為一排排瓶子，而瓶子都插了各種植物，大概是些粗生的熱帶植物，如水橫枝等，我也叫不出名字。但他可認真啦，一個一個名字説給我聽。我倒奇怪他哪裏來這麼多瓶子。

「哈哈哈，我是醉翁，又是花翁，既愛飲酒，又喜弄花，我天天飲幾兩燒酒，當然有酒瓶啦，留下來我都捨不得丟掉，每個瓶子養一種花草，不但房子裏吊滿，還有樓上天台亦滿，你要看嗎？我一會兒帶你到天台，包你大開眼界！」我卻數數那些酒瓶，倒有點擔心：「你喝那麼多的酒，不會有害嗎？老師說飲酒會傷肝害腸臟，張伯，只養花不飲酒，可以嗎？」我天真地問。

割傷脈門

我當年不知為什麼，凡見到老人，都會駐足看看。孩子不會厭惡老人，這是天性，你看孫兒摟住爺爺或嫲嫲，會多親熱。孩子只會天真地問：「你為什麼會皺皮呀？你的頭髮為什麼會白呢？」都不會有厭惡情緒，但人大了，卻可能會產生不喜歡老人的感情來。我自問一直對老人有一份關注的心情。年少時自己沒有父親，所以對年紀大的男人，會有點「戀父」的情緒。張伯給我印象殊深，不但因為他教我養花，教我一些人生道理，還因為我覺得他孤單，似乎因他的寂寞而共鳴。他帶我到過他住在堅道的公務員宿舍，我就常去了。但是，有好幾次看見他喝得醉醺醺的，我就會哭，叫他不要喝燒酒了。

「孩子，別哭，你們不懂苦，日本仔打一場仗，叫我妻死兒亡，有時午夜醒來，心情很難受，但一飲燒酒，就會混混沌沌，忘記那些不開心的事。醉一下沒事的，我睡一覺，起身屙兩次尿，就乜事都冇啦！」

有一次，我到公園找張伯，他沒有上班。我到他家裏找他，鄰居告訴我，他進了瑪麗醫院，我大吃一驚，一個做清道夫的鄰居，與他比較好，他撫撫我的頭，慨歎說：「大概死唔去，不過，他飲醉酒後，有時會打破酒瓶來插自己，好得人驚！他昨晚又插自己，插中脈門，流血不止，十字車來慢啲……」

「人犯鬼」

「自我傷害」這種醉酒後的一種表現，是我後來從書本中知道的。當年年紀小，自然不懂，聽見說張伯酒醉後打破酒瓶，用玻璃割自己，我不禁目瞪口呆。後來，我把這件事告訴同學，麥潤林卻吐吐舌頭，說：「鬼，這是鬼纏的表現。我識一個在天后廟做解答人的兒子，他常常給我講很多人犯鬼的事。沒有藥可醫，要靠懂得的人去治邪！」麥潤林說得很認真。

我卻心裏更慌了，又是鬼，又是人犯鬼，還有治鬼的法術，我太驚了。只覺得這些都很可怕。我不知怎樣去瑪麗醫院，而且聽說醫院不准孩子進去的。因此，我只能乾着急。

張伯兩天還沒有出院。我只好又找他的做清道夫的鄰居。張伯以前曾叫他「阿乾」，我就叫他乾叔，開始時他對這個稱呼感到反感，他說：「我個名就夠衰啦，乾乾乾，濕都唔濕吓，你仲叫我做乾叔，又乾又縮，死梗。」我改叫他UNCLE，他更不喜歡，説又不是洋人，何必用洋稱呼，所以我還叫他乾叔。

「乾叔，為什麼張伯兩天還未回家？」我問。

「傻仔，割傷脈門流好多血呀，講玩呀？而家在醫院有食有住，有姑娘服侍，佢修到啦！唔會咁快出院嘅。」我一時吞吞吐吐，不知好不好把關於人犯鬼的説法告訴他。

羣鬼治邪

後來，麥潤林和我去找乾叔，我就大着膽子問：「乾叔，張伯用玻璃瓶刺自己，流了很多血。如果醫好回來，會不會又用酒瓶再次刺自己？」

「難保，難保！除非不喝酒，一喝醉，又會再來㗎？」

我擔心死了。麥潤林比我膽子大，他說：「我有個朋友識法術，會治邪，好不好請他來為張伯做些辟邪的事？」

想不到一說，乾叔即點頭：「我都覺唔妥，好地地，點會自己插自己？你能找到大師來治邪，求之不得呀！」

這件「治邪行動」，現在回想起來都覺「神秘」。這個人也許是神棍，利用我們孩子天真無邪的心理。那解簽的「江湖客」約四十歲，在天后廟門外設一個攤子，專門替人解簽，這回他應麥潤林的邀請，到張伯家去看看。

那天正巧是星期六，跟着同去的，還有我們一羣灣仔客——保根、殿培、麥潤林、李志剛，他們跟在法師背後，法師走進張伯的房子裏，就猛搖頭說：「這一樽樽的空酒瓶，藏陰氣呀！不妥不妥！」他突然用手上的木劍，砍破了一個排着的酒瓶，叫道：「看呀！那些煙霞之氣，從瓶裏散發出來。可怕，可怕！」只見泥沙撒滿地，瓶裏的植物翻在地上，卻看不見有「氣」。我心想「這不是搗亂嗎？張伯回家看見，一定大吃一驚了！」

去找狗仔

終於有張伯的消息傳出了。我們一夥孩子到兵頭花園去，遇見另一位花王何伯，他拉着我的手，說：「喂，你是張伯的契仔呀？」我面紅了，保根和殿培都擁過來，笑我：「什麼時候有個新老竇？」但何伯卻一本正經說：「不是開玩笑的時候呀，張伯因為流血過多，十分虛弱，我隔天就去看他，他微弱的聲音裏，總提起他的契仔。」我聽了可緊張了，拉着何伯的衣袖問：「那怎麼辦？什麼時候可以出院？為什麼我們小孩子不可以到醫院去探病？」

但這些問題總沒有答案。後來我和麥潤林把何伯拉到一旁，我推着潤林，他終於說了：「何伯，我知道這是怎麼一回事，是張伯犯……犯鬼啦！如果給他治邪治鬼，他就會好了。」

何伯聽了，拉長了臉，說：「你這塞豆窿，怎麼知道什麼鬼呀邪呀？老張自從一場戰爭，家人死光，他就常常酗酒，酒醉得厲害時就會這樣了。我才不信什麼犯鬼的胡説。」

我和潤林真是自討沒趣。回家的路上，麥潤林卻還是絮絮不休：「狗仔知得最清楚！找一天我帶你去看看他，他會説明白的。」狗仔就是在天后廟做解簽的金牙佬的兒子，我不認識他，但潤林在我面前説過幾次了。

一個星期六下午，我跟潤林到天后廟去——這天后廟在老遠的赤柱。我是第一次到赤柱去，這地方簡直神奇，給我留下深刻的印象。

「賊住」之所

在赤柱的天后廟遇到了狗仔。狗仔看見潤林，就大叫：「喂，我老竇那天為你那個什麼人治邪，他回來一肚氣，說一個仙都賺不到，還跟着一班豆靚仔，他心裏有氣，就用木劍打爛屋裏所有的東西，這班豆靚仔嘩嘩大叫，他就回來了，回來還罵我一頓，要我以後不要叫他做沒有錢的法事！」我聽了，恍然大悟，那金牙佬穿起道士袍，在張伯家裏搗亂，原來因為我們去看熱鬧，他不高興，又賺不到錢。狗仔是他的兒子，他口齒伶俐，說：「好啦，不要講我老竇，我們一起去海灘吧！」

我們三個孩子，就一起奔跑，直向赤柱的海灘跑去。五十年代，赤柱是漁村，不像現在，蓋了很多現代化的樓房。我記得當年，到處是曬魚網的棚架，還有曬鹹魚的、做蝦膏蝦醬的。海邊卸了些漁船，而且水清沙滑，使我們迷醉呢。

狗仔說：「你們知道為什麼赤柱叫做赤柱嗎？」我們搖搖頭，他說：「以前有名的張保仔用這裏做大本營，很多海盜住在這裏。」

「有一次，一個外地人路過，向本地的鄉人問：『這是什麼地方呀？』鄉人說：『這裏嗎？這裏是賊住的地方。』他一口鄉音，外地人聽不清楚，問他：『你說什麼的地方呀？』鄉人大聲說：『我說是賊住呀！』外鄉人聽了，就說：『這是赤柱！』原來他把『賊住』聽做『赤柱』，百多年後的今天，人人都叫這地方做『赤柱』了。但英文名，卻一直叫『史丹利』呢！」

傳來噩耗

狗仔帶我們跑遍赤柱，還到監獄那邊看過。但說到他爸爸的職業，他就不多說了，他只是玄妙地說：「天機不可洩漏。關於我爸爸治邪治鬼的事，我不能給你們說什麼了。不過，沒有錢收入的事，他是不會做的，他不是濟公和尚呀！」

聽他這樣說，我們不得要領，就離開赤柱回灣仔去，潤林說：「以前他總是誇口說他知道很多，現在卻一句也不說，一定是他老竇有些什麼吩咐過他。算了吧，我們改天去替張伯把破瓶收拾了，打掃好地方，等他出院吧。」

於是，我們約好了幾個老友，找了個周末，一起趕到花王的宿舍去，為張伯的家大掃除。

我們真恨透那「法師」金牙佬，張伯把他的盆栽植物看做命根，我是最清楚的，他若出院回來，看見全被打破的盆栽一定十分難過。於是，我們一邊打掃，一邊計劃着怎樣為他重建這植物園。

後來，我們幾個小孩子坐在打掃好的房間的地上，七嘴八舌討論，最後分工合作，每人去找幾個瓶子，由自己栽種一些水養的植物，然後下星期來時，把這些新栽的植物掛在釘上。張伯曾教我們一些栽種的知識，現在都派用場了。

過了一星期，周末來臨，我們各自捧着幾瓶植物到達張伯的宿舍，卻聽到乾叔——他的鄰居傳來的壞消息，張伯終於因為失血太多，死在醫院裏。

離羣獨處

聽到張伯的死訊，我們都呆了，再追問乾叔，他苦笑說：「天下無不散之筵席呀，小鬼頭，現在，他與你們散了席，卻在天堂與他的妻兒團聚，他走得不寂寞，有這麼多細路懷念他，他會含笑登天。」

我們都黯然，後來，知道這宿舍兩三天後就會有另一些人搬入，便把剛排好了的瓶子植物，又一一除下，然後各人拿着自己栽種的，默默無語地離開了這公務員宿舍。這座位於堅道的紅磚屋，到七十年代才拆去。以後長達二十多年，我經過這屋子，都懷着悼念之情。花王張伯勤勞、愛護植物的性子，也影響了我的一生，他老是懷着一分淡淡哀愁的脾氣，竟亦叫我染上了。最叫我悔恨的是，年紀小不懂事，沒有問張伯葬在哪裏，也不會在他的遺物中找點什麼以留作紀念，我記得他曾給我看過一些發黃的照片，有他與妻兒在影樓內合攝的，我當時應該找一找，為他保存。

記得幾個星期後曾去找乾叔，還想看看新搬來的是誰，竟然全換了人，連乾叔也不知去向。

少年的我忽然領受了一陣短暫的、似乎失而復得的父愛，卻又驀然消失，使我覺得自己好像長大多了，心境亦脱離了同羣的書友，有段時間，逢周末我沒有再跟他們到兵頭花園去。我會獨自到灣仔海旁蹓躂，獨自留在屋子裏讀一些很多很多字的文學作品，享受那份哀愁。

遠了少年

啊，我少年時代的結束，是恐慌地在忙於小學會考的日子裏。那時候，小學會考能真正決定一個孩子的命運。我其他科目還有信心，最怕是英文。因為那年代硬性規定，中英數其中一科不及格，就失去派位讀中學的資格。我家中卻是沒有一個人懂英文的，學校裏老師教得快，因此我一直害怕。李志剛和莫殿培英文很好，幸虧有一段時間他們常幫助我。

會考那天，當我離開了英文卷的會考試場，我就暈倒在地上，醒來時已在校醫室。一個女護士守着，說我太緊張，而且有嚴重貧血。後來麥潤林陪我回家，一路上，我眼眶濕着，因為，英文卷我沒法完成三分一題目。後來潤林說：「傻瓜，題目前寫着，十五題任揀十題，你是用不着全做完的！」我一聽，更害怕，因為我在恐慌中沒有看清楚這一句，因此順着題目做下去，似乎深的都集中在前邊，如果知道可以選擇，我會揀後面易做的……但一切都過去了。潤林一直安慰我。

派成績回來，好像向我宣判死刑似的：英文科「肥佬」了，課室裏真是有人快活有人愁。班主任佘麗萍老師一直在努力撫慰一羣失敗的靈魂。她留給我一句話：「亡羊補牢，未為晚也！」我竟記到三十多年後的今天，作為生活的圭臬。

後來，在鄰居幫助下，我找到一間私立中學，校方答應收我做半工讀學生，放學後做小校工……於是，少年時代過了，生活令我老成多了。

爸爸沒有遠去

我父親何紫是一九九一年離世的，他離開我將近二十五年了。隨着歲月流逝，說實話，我對爸爸的印象越來越模糊了，可幸的是我爸爸既是作家，又是編輯及出版人，他寫的書、編的書和替別人出版的書，至今我仍保存得完整無缺，放滿家中整整的一大個書櫃，令我可以閒時翻開他的作品，回憶對爸爸的印象。

爸爸是個大忙人，我印象中的他就是從早忙到晚，在外忙碌完一整天後，回家後仍可以不眠不休地繼續寫作。他工作雖然忙碌，但其實是一個愛玩愛吃的大孩子，每逢假日，他有空便會帶我們一家去玩，去公園、看電影、沙灘暢泳、郊外旅遊等等，帶給我許多愉快的童年回憶。

爸爸很饞嘴的，說到吃，對子女亦不會禮讓，他會因為美食而和我們爭吵，他愛吃巧克力、甜點、肉類、油炸食物……看來他的飲食口味與小

患癌病期間的何紫和大兒子合照

何紫和女兒何紫薇

朋友無異。這就是我童年時認識的爸爸。

到我長大後，當我認真地讀他的作品時，對爸爸有更深入的了解，以至對他身處的時代有更深的認識。讀《童年的我．少年的我》，不但是讀我父親的過去，也是讀香港的過去，作品都帶有濃厚的香港本地色彩，令人尋找到香港的歷史文化蹤跡，內容對當代的生活面貌有真實而生動的描寫。

《童年的我．少年的我》同時是一部兒童文學作品。我的女兒去年九月升上小學四年級，我開始把父親的作品介紹給女兒看，有時選些父親寫的文章當作睡前故事讀給她聽。有一次我拿起《童年的我．少年的我》讀，她留心地聽我把她外公的童年往事娓娓道來，情節時而悲哀，時而歡樂。女兒很詫異外公的童年受許多苦，卻仍可以苦中作樂。她無法想像一個五歲的小孩怎可以獨留在家，聽到炸彈的警報響起時，還懂得獨自跑到樓下的車房，伏在汽車底躲避；但那時候，這個小孩不是在驚慌地哭，而是從自己的口袋抓出幾個小蓋子來把玩，女兒聽到如此出其不意之處真的爆笑了起來。

戰爭與貧窮，對於現今物質豐富的香港小孩來說，是很陌生的。《童年的我．少年的我》將香港四十至五十年代戰亂期間及戰後的社會面貌展現，但本書吸引兒童之處，不是講戰爭的殘酷和貧窮的辛酸，而是透過故事，看到在物質的困乏下，兒童少年仍可以從遊戲中找到樂趣，可以享受課後無拘無束的自由，友伴間有正義和互助互愛的精神，還有艱難生活下的母親如何彰顯了母愛的偉大。這些故事正體現了書中的一句話：「困乏也可以成為勇進的力量」。

何紫薇

二〇一六年四月

成年何紫／生活剪影

文藝青年的模樣

何紫初任職編輯時攝

剛出來社會工作的
青年何紫

壯年的何紫
愛遊山玩水

何紫青年時
愛好攝影

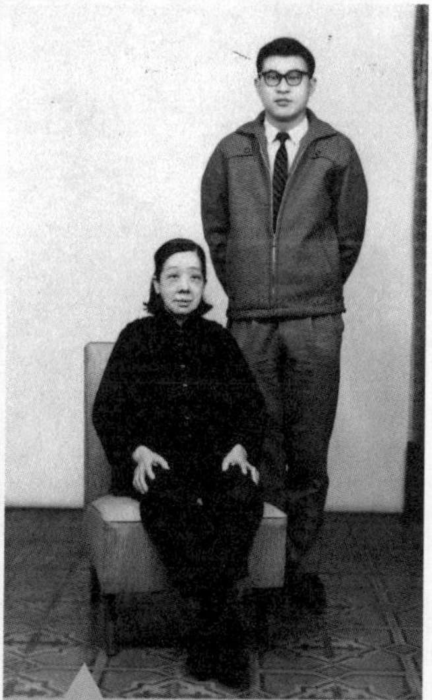

何紫與母親

活動時與兒童合照

何紫參加中港兒童文學交流（後排右五）

何紫（右一）與家人

壯年的何紫仍不減調皮

何紫的名言警句

何紫先生以他的人生智慧給予我們有益的啟迪。請讀讀下面的句子吧！

- 如果給「懷舊」一個價值，這價值就是溫故舊而策未來。歷史從來不能割斷，陳跡未必就是老套。

　　——《童年的我》原序

- 互訴童年的歲月，有時是讓人與人之間相互靠近起來的好方法。

　　——《戰爭，我正童年》

- 我還是相信一點折磨並非無益。現今的少年似乎太強調自身的困乏，少年人的放任常常可以找到有害於他們的「社會廉價同情」。我自感困乏也可以成為勇進的力量。

　　——《困乏與折磨》

- 有陽光的地方，就有生命，有生命的地方就有歌唱。

　　——《生命與歌唱》

- 當年整個小學教育上，有一股難忘的「民族感」，也許抗日戰爭剛勝利，老師的言談，課文的主旨，課堂內外的生活內容，都溶融着中華民族的光榮、自豪，或者砥礪着孩子的志氣，建設國家，為民族增光……現在有人提倡給學生灌輸「公民教育」；誰來提倡趕快給學生以民族教育呢？

　　——《我扮挨打的菩薩》

何紫的美文點讀

何紫先生在書本不但抒發了他的情懷，而且也描繪了大自然中的美和簡樸的生活美，請你仔細品味下面的片段吧！

- 童年的我一下子發覺自己原來是這樣富足，真的，誰說我家徒四壁！這一壁呀，空氣、陽光充足，可以鳥瞰街景，可以極目海洋。母親一把大剪刀，彷彿裁掉了我童年的憂傷，給我剪出一個原來如此瑰麗的世界。

  ——《剪裁一個新世界》

- 前幾年回故鄉，看見那裏的村童，赤着腳，衣服補釘，但笑起來無牽無掛，朗朗地大笑；他們也沒有什麼玩具，更別說電子遊戲機了，但他們在河裏捉小蝦，在田頭捉青蛙，用樹葉捲成喇叭，可以吹響幾個高低音，我羨慕他們自得其樂。

  ——《失去的樂園》

- 我們會遇見小老鼠，在水中游泳呢！我還常常看見水蟑螂、水較剪等一類水上昆蟲，大自然的魅力就在這裏，那些可愛的小昆蟲棲息在草木之上，我們置身其間，就彷彿自己也成為草木上的小生命，與水蟑螂、小老鼠們成了大自然的兄弟，那就是真真正正的奇遇。

  從地下水道往裏走，這裏的水來自太平山，沒有污染，流入陰溝內，與草木一同散發清芬，在這些地下水道裏徜徉，真有說不出的暢快，這是我們每個周末最享受的時刻。那時候沒有電視機，沒有電子遊戲機，市政局的康樂設施幾乎等於零，我們仍然找到我們快樂的假期！

  ——《小的生命》

故事分享屋

看完本書後，你有什麼感想或收穫？請結合下面的思考題，仔細想一想吧！

1. 何紫童年、少年的生活環境和遭遇，跟我們有很大的不同，作為同齡人，你會怎樣看待和理解他當時的生活環境？有什麼啟發和共鳴？

2. 你怎樣理解何紫說的「我還是相信一點折磨並非無益。現今的少年似乎太強調自身的困乏，少年人的放任常常可以找到有害於他們的『社會廉價同情』。我自感困乏也可以成為勇進的力量。」？你同意他的說法嗎？為什麼？

3. 何紫眾多小伙伴中，你最欣賞哪位？為什麼？

4. 何紫的小伙伴中，哪一位的命運最悲慘？如果你身處哪樣的環境，你會怎樣對待？

5. 你最心愛的玩具是什麼？你認為何紫以前的玩具也同樣好玩嗎？為什麼？

6. 你到過灣仔區遊玩嗎？現在的灣仔與何紫童年時所描述的情況有什麼不同？

7. 看完這書，你覺得何紫是個怎樣的小孩？說說你的看法。

8. 你最喜歡本書的哪篇文章，為什麼？

那些年，那些事

書內提及日本佔領香港，以及當年灣仔各種面貌。這些香港歷史，你可能覺得比較陌生，可試試進入以下的網站，認識及比較一下不同時期的香港歷史風貌。

1 **民政事務總署：**
灣仔區 (齊來 18 區)

http://www.gohk.gov.hk/chi/welcome/wc_intro.html

這個網站介紹了香港的 18 區，進入網站後，按下地圖的按鈕，你可以看到灣仔的介紹。

2 **香港舊照片：網上平面博物館**

香港舊照片 - oldhkphoto.com

https://www.facebook.com/oldhkphoto/photos_stream?tab=photos_albums

這個 facebook 專頁輯錄了很多灣仔的舊照片， 進入「灣仔．金鐘」的部分就可以找到啦。

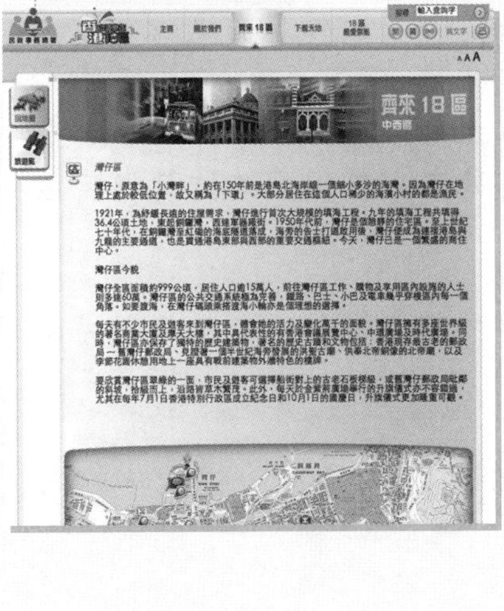

經典書房

童年的我·少年的我

作　者：何紫
插　圖：容仁鑑
策　劃：甄艷慈
責任編輯：黃婉冰
美術設計：何宙樺
出　版：山邊出版社有限公司
香港英皇道499號北角工業大廈18樓
電話：（852）2138 7998
傳真：（852）2597 4003
網址：http://www.sunya.com.hk
電郵：marketing@sunya.com.hk
發　行：香港聯合書刊物流有限公司
香港荃灣德士古道220-248號荃灣工業中心16樓
電話：（852）2150 2100　傳真：（852）2407 3062
電郵：info@suplogistics.com.hk
印　刷：Elite Company
香港黃竹坑道65號志昌行中心25樓D室

二〇一六年六月二版
二〇二二年一月第四次印刷

ISBN: 978-962-923-431-7

18/F, North Point Industrial Building, 499 King's Road, Hong Kong
Published in Hong Kong
Printed in Hong Kong